U0134509

花千樹

屍骨的餘音 2

法醫人類學家的工作和使命

李衍蒨 著

目錄

第五章　斷骨解密

第六章　死後的命運

第七章　燃燒吧！

引人入勝的説書人

「真相，不能起死回生，但能讓他們的聲音被聽見。」人道主義使命感驅使李衍蒨（Winsome）長年馬不停蹄，以法醫人類學家的專長幫助世界各地「來自墓裡的證人」沉冤得雪。不難想像，東帝汶、塞浦路斯，或是最近的東非索馬里蘭（Somaliland）等工作地點，並非旅遊勝地。不要説屍體、骸骨的異味，就連任何關於死亡的事情，我們都本能地敬而遠之。Winsome 放下安逸，超越感官和形相的生理屏障，選擇為骨頭發聲，赤子之心令人動容。

Winsome 的處女作《屍骨的餘音》一鳴驚人，迅速再版，分享她在美國邁阿密殮房實習、在波蘭做研究的解剖經驗，以及屍骨腐化所涉及的科學知識，細訴如何從文化層面，例如身上物件、特徵以至屍骨所在的周遭去審視每一個生命如何走到盡頭，從而在一切終要歸於無序的物理定律之上尋回個人留下的足跡。要偵破屍骨想説的故事，法醫人類學家的工作需要縝密心思。也許是因為這種歷練，也許是天分，Winsome 是一個引人入勝的説書人。

今年 Winsome 再接再厲出新書，講述最近幾次於東帝汶、塞浦路斯的驗骨經驗，讓讀者繼續大開眼界。

我們慶幸生在繁榮安定的大城市，生命得到應有尊重和受到保護，卻很容易令人忘記這一切不是必然，世上很多人群一直在經歷種族清洗、戰亂仇殺。亂葬崗的白骨生前不能向世界提出其控訴，死後只能靜待有心人為他們尋求公義。執筆之時 Winsome 正於索馬里蘭進行人道工作，當地治安嚴峻，出入須持槍保安護送，少一點義無反顧的工作熱誠亦沒有可能全情投入。

Winsome 對全球人道工作的貢獻，我們引以為傲；對香港科學傳播的誠意，我們與有榮焉。祝她工作順利。

周達智博士

《立場新聞》科學版總編輯

任重道遠，尋找生命的奧義

本來去年已經答應李衍蒨為《屍骨的餘音》寫序，後來因為事忙，逾期未交而作罷，在此道歉。

也許很多人不知道，今日從事創作的我，曾經是一個讀書成績平平的人類學學生。一門很少人注意和理解的學科，表面上對我從事任何行業都沒有幫助。但事實上，當年潛移默化的一套思維和研究方法，對於創作有一生一世的影響。了解自己，從探討別人開始；看到乖離主流的想法，必先再三思量，跨文化驗證，才好下對錯得失的結論。一個優秀的創作人，由成為一個思想自由的文化人開始。

當時的我雖然已涉獵很多不同名堂的學科，甚麼飲食人類學、電影人類學、音樂人類學等，但並未聽過「法醫人類學」，直至我認識小師妹李衍蒨，才知道人類學繁衍的分支裡，還有這麼一個小宇宙。

即使是社會科學，也有一套嚴謹的真理驗證方法，而且從事研究的人，必先抽離原有的感受，客觀分析得來不易的數據。我認識的李衍蒨就是一個喜怒哀樂分明、情感澎湃的人，理論上應該適合從事藝術工作多於學術研究。現實中，她淡定冷靜且專業地面對工作上需要處理的屍體和骸骨，那麼就代表她是一個冷酷無情的人嗎？剛好相反，法醫人類學家的工作任重而道遠，他們從泥土中令屍骨重見天日，協助他們尋回身份，解開真相，讓亡者的靈魂得到安息，撫慰家屬的心靈，可見他們寬廣無私的愛。法醫人類學在華語世界仍未被了解，希望《屍骨的餘音》系列可以令更多人從死亡的世界尋找到生命的奧義。

陳心遙
知名創作人

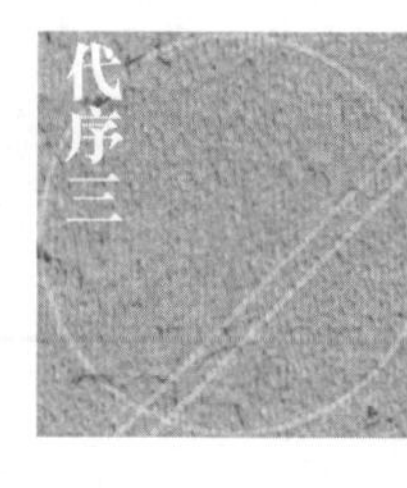

專業又貼地的生死教育課

Winsome 邀請寫序這件事，直到我現在落筆也覺得很有意思！原因是我跟她作為法醫人類學家的專業沒有任何關聯。她居然會想從我的角度去看這本書，實在是榮幸之至。的確，死亡是我們每一個人都需要面對，並非要相關的工作或專業才有感覺。

由於讀過 Winsome 的第一本書《屍骨的餘音》，所以對法醫人類學家的工作有了一定的認識。原以為一本以專業科學角度出發的書會比較沉悶，Winsome 卻能將某些枯燥的專業過程及知識用貼近生活的方式來表達。得知 Winsome 寫《屍骨的餘音2》，我就一直期待著。

書中描寫屍體的變化，在不同環境下從死亡到變成白骨的過程，這些細微變化在日常生活中我們少有去注意，卻對於某些人或事件極其重要。例如有家人想要的答案、涉案調查的線索、歷史的追溯等。複雜的是這些變化過程在我們肉眼看來會出現一些假象，而法醫人類學家用他們的專業破除表相，例如書中所說的「黑人頭」，單憑視覺效果會誤判死者體形龐大，但實際上是因為腐化產生氣體造成。她在書中亦提到一些歷史事件，寫到我們耳熟能詳的鐵達尼號事件時，我的心情非常沉重。沉重的是那一百六十六具面目全非的屍體，以布料包裹綁上鐵塊一起沉入海底！像被遺棄的物件，而他們跟你我都一樣是人！曾經也一樣在某個地方生活。相信讀者看到這些事件後對於生命會有更多的思考。

生命是個聊不完的話題，而死亡每天都在發生，每個人會有不同的理解。以甚麼心態去看待死亡，也會懂得如何活在當下。Winsome 的文字給我們上了一堂有意義的生死教育課。本書的寶貴之處不只是理論的研討，亦是Winsome 以其專業實踐生命科學的紀錄。在我看來，法醫人類學家的工作無論站於哪個角度都是偉大的！而作者為沉默者發聲的使命令人敬佩！

半緣君
網絡作者
FB 專頁：半緣君

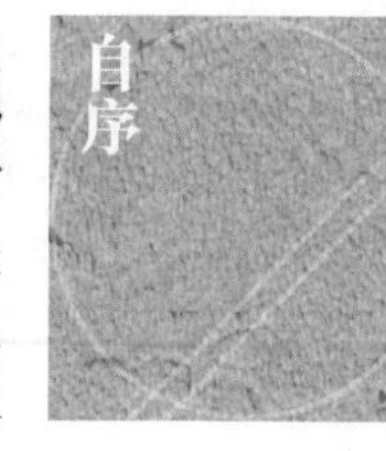

屍骨守護者

"Some people meet death with open arms
And thank God their time has come.
Other's beg to be spared for just one more day
Saying there is much to be done.
But if we, before performing an act, would stop and think of death
Of death, of judgement and of all such things
I'm sure we would do our best
So that when our time comes, we may say:
"Take me lord without delay."

Cathy Cesnik, *Death* 1959

此自序開首引述的詩篇源自二〇一六年美國一套紀錄片 *The Keepers*，它記述了一所高中的舊生，雖然已經步入中年（甚至老年），但依然沒有放棄追查他們的良師益友 Sister Cathy Cesnik 的死因及其來龍去脈。他們對於調查真相的執著，正正就和我當初迷上法醫人類學尋找人道主義及公義精神同出一轍！相信部分讀者可能於不同媒體都得知我一直堅執於法醫人類學尋找公義的責任。我最初踏足這個專業時，更以為這會是對我來說得著最多、成就感最大的一個範疇。過去一年的實地工作，加上之前經歷的種種，我才醒覺這個專業的科學層面「真係幾型」，但情感層面上卻是我的一面鏡子。

古羅馬拉丁文格言作家普布里烏斯・西魯斯（Publilius Syrus）寫道：「人，全部都於死亡面前平等。」（As men, we are all equal in the presence of death.）生命最美的地方就是它有期限，有完結的一天；我們的屍體最美的地方，則是有腐化的機會。前作《屍骨的餘音》中我清楚表達並鼓勵讀者在欣賞法醫人類學的「魔法」之餘，也可嘗試思考有關於自身，甚至至親的死亡，能夠減低對死亡的不安感。然而要你無緣無故突然思考死亡的問題，還是難免會覺得不舒服。以對質般的方法去凝視死亡確實很可怕也很困難，甚至有機會令自己從此把「死亡眼罩」纏得更緊，變成忌諱。與其不斷胡思亂想，避開死亡的話題，或是跟它對質，我發現倒不如學會與死亡共舞！

與死亡共舞（Danse Macabre）的概念並不是新鮮事，自十五世紀已在歐洲出現，以藝術提醒當時的後中世紀基督教徒及早想像死亡及知道腐化的必然性。《屍骨的餘音》出版後，至本書寫作期間，我經歷有關陰陽相隔、死亡、重病、討論生死的機會都比過去那些年多，例如有朋友和家人患癌症、參與英國倫敦大火災後的處理工作、於索馬里蘭搜索戰爭罪犯的犯罪證據等，過去一年不同的經歷令我的理智與感情分得更開之餘，過後的衝擊也比之前更大！

坦白說，在我踏進這個領域之前，我主要是以為亡者求公道這個意念走下去，為他們的家人找得一份安心、一個等待的休止符，卻忽略了原來自己在守護別人家庭的同時，也是在守護自己和我的家人，甚至我將來的家室。過去這幾年的工作及研究中，我回想自己曾經化作鳳凰無數次：不停為人類的所作所為感到難過，同時亦在工作過程中，從難過的灰燼中重生。引述的詩篇中表達的正正是要知道死神隨時要來的事實，因而每日都要為此做好準備，不要令自己後悔的意思。雖然我還沒有完全像 Sister Cathy Cesnik 說的「請（主）不要遲疑接我回去」這麼豁達，但我知道自己在正確的道路上向著這目標努力修行中，而為亡者說故事絕對是我修行的重要一環。在發現自己的同時，亦要守護亡者。

生命的價值，在於有否深刻無愧地活過。而法醫人類學家的工作就是要守護這些價值，不能容許任何人的生命白白流走，無論對當事人還是其家屬。

讀到這裡，或許你已經覺得這書有點太沉重，就容許我「先小人後君子」：如果你有看過《屍骨的餘音》，可能你們會覺得論調屬於輕鬆。不過，這次應該會覺得內容有點過分黑暗。如果覺得難受，不妨試試分開幾次來閱讀，可以慢慢消化內容。如果還是不能接受，很遺憾的說，或許你要選別的書了。請不要誤會我是故意要神秘，而是我的工作某程度上的確要表現出這份凝重。另外，部分內容是前作的深入延伸（潛台詞：如未讀上一本記得回讀啦，多謝支持！），所以部分基礎概念只會輕輕帶過。

這本書以我在波蘭做研究、塞浦路斯及東帝汶工作時的筆記為藍本，當中的人物名稱會「大兜亂」，以保護他們的私隱，但故事內容都是真實的。如果你已經準備好再次跟我一起去了解屍骨們的故事，守護他們僅有的發聲機會，幫忙把故事傳承下去，歡迎你加入成為「亡魂守護者」的一員。

"Bones are our often last and best witnesses: they never lie and they never forget."

「骨是我們最後，亦是最好的證人，它們永不說謊亦永不忘記。」

已故法醫人類學家克萊德・斯諾（Clyde Snow）

"I do not carry a sickle or scythe. I only wear a hooded black robe when it's cold. And I don't have those skull-like facial features you seem to enjoy pinning on me from a distance. You want to know what I truly look like? I'll help you out. Find yourself a mirror while I continue."

「我沒有帶著鐮刀。我只在覺得冷的時候會穿起一件有黑帽的袍。我亦沒有你們喜歡從遠處賦予我的顱骨特徵。你想知道我真實的樣子嗎？在我繼續之前，先為自己找一面鏡子。」

Death, *The Book Thief*

死神《偷書賊》

「盛開在荊棘裡的花　越是流淚越仰望

愛是一步一步堅強　奮不顧身的綻放……

沉默不說謊話　不是退讓

往愛的方向固執的抵抗」

飛兒樂團*《荊棘裡的花》*

第一章

荊棘裡的花

駐邊境的巡邏人員大清早追截七個非法入境者，從墨西哥偷渡到美國路途艱鉅，非法入境者小心翼翼，以防被逮後遣返墨西哥。巡邏人員努力追捕時，卻找到了一具屍體，發現屍體的位置距離美國亞利桑那州（Arizona）圖森市西南面約三十英里的一棵樹下。

屍體身上穿著一件迷彩上衣和一件Nike衛衣。兩對襪子。一條藍色內褲。一條牛仔褲。一條黑色皮帶，皮帶扣上刻了大麻葉子的圖案。隨身有一個水瓶，依然裝滿著水。有一些食物。三個手提電話及充電器。眼前的屍體，跟一般我們對屍體認知的外觀不一樣，他的皮膚是完全的被風乾，已經變黑及有皮革質感。這跟長期暴露在太陽及低濕度的環境有關。

◎代號「17-1568-John Doe」的屍體

調查人員沒有找到任何可以辨識屍體身份的證件或文件。屍體手上戴著一隻白色塑膠製的戒指，以西班牙語寫著「Dany y Kren」。終於，有找到可以幫忙識別身份的物件。調查人員隨即於屍體身上掛上了他最新的代號及名字——「17-1568-John Doe」[註一]，是該殮房於二〇一七年接收的第七十八具嘗試從墨西哥走到美國的非法入境者屍體。之後，他被放進白色的屍袋，放入大雪櫃中保存。

大雪櫃裡，他有著一百三十四名同伴。

另一邊廂，一名女子自稱是 Alfredo Pablo Gomez 的姊姊，由於弟弟離開墨西哥的家後就沒有了消息，家人都很擔心，於是身為姊姊的她便四出尋找弟弟的下落。她帶了簡便的裝備，包括幾瓶水、帽子、行山鞋等，從美國的家出發，沿著美國通往墨西哥的唯一路徑，跟弟弟反方向地向墨西哥走，希望途中可以遇上弟弟。

至少，可以與他的屍體遇上。

二〇〇〇年以前，每年亞利桑那州南部只會找到數名企圖非法入境人士的屍體。不過，於二〇〇一年一下子上升到七十九名，原因是美國另外兩個邊境——加利福利亞州

註

一、凡是不知道姓名的屍體，都會稱為 John Doe 或 Jane Doe。

（California）及德克薩斯州（Texas）加強了巡邏，令企圖非法入境的人只好選擇三條路線中最危險的一條路線——亞利桑那州。到二〇一〇年，共找到二百二十四具屍體。雖然二〇一六年只記錄到一百六十九具屍體，但不代表非法入境的人減少了，而是某些偷渡的人選擇了更加危險的路鋌而走險，亦有很多是於跨境途中死去而沒有被找到，甚至以後都不會被尋回。

那名姊姊在往墨西哥走時，不時覺得疲憊，常有快要中暑的感覺。「到底弟弟是如何熬過這一切的？」她很懊惱也很難過。

按照姊姊的說法，弟弟跟她都是在美國長大的。可是由於弟弟在墨西哥出生，大約於二〇一〇年被美國政府遣返墨西哥。自此，他就不停嘗試以走路的方式從墨西哥回到美國，希望可以重回正常生活。就算被美國駐邊境人員抓到，被送回墨西哥後，亦會立刻重新計劃下一次的跨境行動。

到底是有多辛苦？到底是有多危險？一般來說，亞利桑那州的那條路線，從墨西哥走到美國邊境約需七至十天。由於邊境的欄杆是用作防止車輛直接駛過，因此它們相對地矮，比較好翻牆。難度是在天氣！在一個四周都是沙漠狀態、烈日當空的環境，每天甚至達四十度高溫的天氣下行走及爬山，並不是容易的事。一個成年人要走完這八十英里路，大概需要十天，每天需要一加侖甚至更多的水（接近兩加侖）。假設，只需要七天就走完，共需要約十四至十五加侖的水。每一加侖約等於八磅重，亦即七天共需要約一百三十磅的水。按常理都知道根本沒有可能帶著一百三十磅的水去跨境吧！這也是其中一個為何這麼多非法入境者中途死亡的原因。

早前尋獲的「17-1568-John Doe」相信亦是其中一個。

一般在沙漠環境被發現的屍骨，交到殮房後都會按照屍體的情況分配給法醫（forensic pathologist）或是法醫人類學家（forensic anthropologist）。

前作《屍骨的餘音》中我曾解釋過法醫人類學到底是甚麼回事，簡單的說，法醫人類學（forensic anthropology）為一項應用人類學（applied anthropology）。在學術定義上，法醫人類學為體質人類學（biological/physical anthropology）的延伸。人，經歷了千萬年的進化，被視為精於適應環境的動物，體質人類學家深信人的身體會隨環境因素或壓力而作出一些調整。在法醫人類學領域中，法醫人類學家會應用體質人類學、考古學、文化人類學及其他科學知識到法律層面上。

◎中國法醫科學之父宋慈

法醫人類學至今依然算是一個比較年輕的科學範疇。最早有法醫人類學記載的是來自南宋時期宋慈的《洗冤集錄》（即約公元十三世紀左右）。這名中國法醫科學，即鑑證科學之父在這本著作內詳細記錄了如何查案，並提供詳細驗屍程序及推斷死因的方法。令人驚訝的是，他在那個時代的觀察力實在驚人！書中部分描述及步驟直到今天依然有效。由於那個年代的辦案人員不是全職的，而驗屍的仵作及負責接生的人（midwife）亦不被當時的官府所相信，因此辦案人員必須在驗屍及解剖時知道如何分辨意外或蓄意造成的死亡，並要知道如何分辨死時及死後創傷。

另外，宋慈亦有詳細記錄如何從屍體分辨男女及死亡時間（postmortem interval, PMI），簡述如下：

一、分辨男女

骨頭數量及顏色：男人共有三百六十五塊骨頭，與每年有三百六十五日對應。男人的骨頭較白，而女性的則較黑（這是由於女人在生小孩時流血，把骨頭染色了）。[註二]

頭顱：男性共有八塊骨頭，從頸到兩邊的耳朵，加上後腦的部分。腦後有一橫縫（suture），而另外有一直縫沿著頭髮髮根到頭顱頂端。而女人只有六塊頭顱骨，一樣有橫的縫，卻沒有直的。

盆骨：形狀就如豬的腎臟一樣，縮進去的地方為盆骨與脊椎結合點。男性這個位置

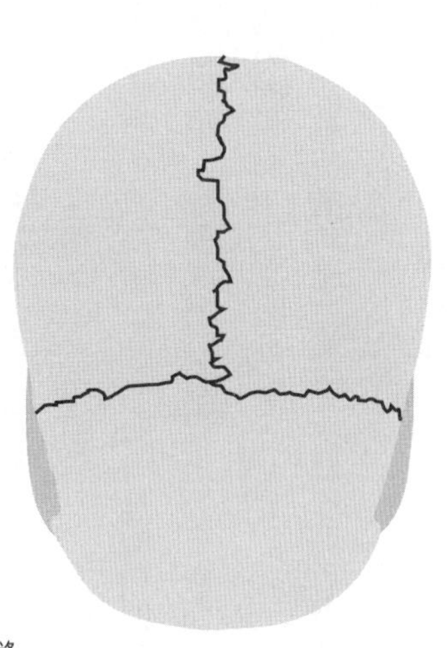

頭頂上的縫。
雖然宋慈在《洗冤集錄》中說男女頭顱的骨頭和縫的數量不一樣，事實上是完全相同的。

註

二、《洗冤集錄》沒有記載未曾生育的女性的骨頭顏色。

凹進去的狀態，每邊均有一個尖尖的枝狀體，猶如皇宮屋頂的裝飾。它共有九個洞。宋慈這裡描述的其實是盆骨旁邊的骶骨（sacrum）。

二、屍體腐化

屍體腐化的過程會隨著四季有所改變。

春天的那三個月，屍體放上兩至三天，口腔裡的軟組織、鼻、肚、胸骨及心口會開始失去血色。十天後，會有汁液從鼻及耳朵流出。

夏天的時候，屍體放上兩天就會看到軟組織開始變色，由臉、肚、肋骨及心口開始。三日後，會看到屍體變灰並有汁液流出，屍蟲亦會出現。整個屍體鼓脹起來。皮膚開始有變化並有脱皮現象，水泡亦會出現。只需要四至五日就會看到頭髮脱落。

在秋天，屍體兩至三天後會呈現如春天的現象，軟組織特別是臉上、肚、肋骨及心口開始變色。四至五天後汁液從口及鼻流出，整個屍體會腫脹起來，水泡出現。六至七天後，頭髮開始脱落。

冬天的時候，四至五天後屍體會開始變成黃紫色。半個月後，才會出現像春天的變化。如果埋藏屍體的地點是潮濕的，並以墊子包裹著屍體才埋下的話，腐化過程會更慢。

在特別熱的日子，屍體腐化會在死後一天立刻開始。屍體會開始失去血色，變成灰色，甚至是黑色，同時開始有惡臭傳出。三至四天後，皮膚及軟組織都開始腐爛，屍體腫脹，屍蟲從鼻和口出現，頭髮亦開始脱落。而在寒冷季節，五日的腐化程度才等於夏季一日的程度，而半個月就約莫等於夏季三至四天的腐化程度。加上南北氣候（意即中國南北方氣候）不一樣，山上和山下的氣溫也有分別（山上的寒冷及溫暖程度相對穩定），因此必須仔細考量環境、氣溫、屍體上的變化等因素後才能下定論。

雖然宋慈寫的未必完全跟今天的法醫科完全吻合，但你不得不驚訝他在那個年代對法醫學的執著，其觀察度之高及細心的程度，實在令後世佩服不已。當時的他已經會分析各種天氣、氣候對屍體造成的改變，特別是昆蟲活動（insect activity）的情況。除了讚歎宋慈先生的非凡觀察力之外，亦足以證明我經常提到的一點——法醫人類學這個專業不必經常依賴先進科技或先進器材（有就當然最好～），只要你有非常好的觀察力，都有潛質加入這個專業！

◎法醫科專科醫生 VS 法醫人類學家

在西方社會，一九四〇年代前，法醫人類學這一專業只有解剖學家（anatomist）、手術科醫生（physician）、一些在博物館及大學任教的體質人類學家才可以接觸到。在這段時期相關的研究很少，而且應用到案件中的機會亦很低。直到十九世紀末，哈佛大學教授 Thomas Dwight 曾多次發表有關法醫人類學推斷性別及年齡的研究，因而被冠上美國法醫人類學之父之名。隨後，不同的研究及學者陸續出現。二〇〇八年更出現了 Scientific Working Group for Forensic Anthropology（SWGANTH），為這個專業訂下不同的準則及指引，使到相關的科學研究逐步邁向成熟的同時，也避免與社會的現實情況脱節。

法醫人類學家收到骸骨後，就會以為骸骨尋找或辨認正確身份（positive identification）為其重要任務。此與一般的法醫，或稱為法醫科專科醫生（forensic pathologist）不同，法醫主要以尋找死因（cause of death）為主，而法醫人類學家從骨頭上有時也可觀察到死亡方式（manner of death）及死因，但這兩樣都不是他們最主要的工作。若要簡單地將法醫科專科醫生和法醫人類學家分類，可以説是前者會處理帶有軟組織的屍體，但就不太會接觸進階腐化，甚至已經骨頭化的屍體（詳看《屍骨的餘音》第六章）；後者則相反，多接觸進階腐化、骨頭化，甚至是木乃伊化的屍體或骸骨，本章開首提到的「17-1568-John Doe」就是一個好例子。

法醫人類學家接收到「17-1568-John Doe」後，會從骸骨找到有關死者俗稱「Big 4」的資料——性別、年齡、種族（ancestry）[註三]、身高，再加上一些生前的活動痕跡，例如生前創傷（antemortem trauma）、慢性疾病、生前活動痕跡（activity marker）等。完成上述工作後，就可以為骸骨的主人設立一個檔案，有望尋找骸骨主人的家屬。因此，亦有說法指法醫人類學是一門「之前—之後」（before-after）的專業：「之前」即生前所做過甚至經歷過的都會影響骨頭的「之後」，即在死後會從骨頭看到甚麼有關生前的蛛絲馬跡。除此之外，法醫人類學家更擅長於尋找及搜獲（search and recovery）人體骸骨，並會分析任何懷疑能協助身份辨認的特徵及線索。

傳統上，法醫人類學家只會在找到接近或完全骨頭化（skeletonized）的屍體，又或者因一些特別原因不允許解剖的情況下才會被傳召提供「Big 4」的推斷。但今天，法醫人類學的應用已不再停留於此，應用範圍隨著需求而改變，包括：創傷分析、死後葬儀學分析、推斷死後時間，應用的地方包括災難性事件、為國際法檢控提供證據，甚至是用於調

註

三、Ancestry 指身體因應適應環境及環境壓力所作出的適應力及變化，而不是「race」。

查在世的人身上。因此，現今的法醫人類學家不能單單認識關於法醫人類學的專業知識，更要明白及了解人類過往文化及多樣性的歷史，於不同地域遊走，探究因生活而改變環境等因素，這些都間接從演變、生物、文化等方面對骨頭造成影響。法醫人類學家只有在了解各個不同的層面後，才能準確解讀所有找到的線索。

◎為何是「法醫人類學」而不是「法證人類學」？

前作出版後，其中一篇訪問的留言中有人說我們不應該稱為「法醫人類學」，應該叫「法證人類學」才對，因為這樣對真正的醫生不尊重。我曾在前作簡單解釋過法醫科專科醫生跟法醫人類學家的相同及相異之處，這裡就讓我再詳細解釋一下兩者的分別吧！鑑證科學及法醫科在英文統稱為 forensic，因此沒有究竟屬於「鑑證」還是「法醫」的問題。不過，如果從專業背後的應用範疇來審視，法醫人類學是應用了解剖學，或解剖科學（anatomical science）到一個法律層面上。這個大原則與法醫科專科醫生及牙齒法醫基本上是一模一樣。相反，鑑證科學則不一樣，它們以生物或化學證據（biological or trace evidence）為主導及作為分析的出發點，而我們是以人體或屍體的解剖學為基礎。因此法醫人類學（forensic anthropology）絕對可以列入法醫科之內。

法醫人類學家注重人骨學上的培訓，加上人類學的學術背景，令他們可以全面地對眼前情況作出批判性思考。法醫人類學所用的考究方式，都是有賴以前諸位人類學家利用前人的骨頭研究所得出來的結果。由於每個族群的生活、飲食及環境因素都不一樣，所以此類型的研究必須要在多個族群中進行。在外國，法醫人類學家可以是法醫科醫生的秘密武器，例如某些情況在解剖後還是找不到死因，就會把屍體交到法醫人類學家手上，務求可以嘗試找到任何線索或頭緒。法醫人類學家跟法醫科專科醫生的工作有相同亦有相異，因此我們是緊密合作的夥伴，互相尊重，絕對沒有看輕對方之嫌。在我認識的法醫人類學家當中，幾乎所有都曾經觀察過不同的屍體解剖，甚至曾於殮房工作。我們都會理解法醫科專科醫生的工作方法、程序及步驟。

法醫人類學家及法醫科專科醫生，連同牙齒法醫都會被傳召到法庭上作為專家證人。除了這些基本工作之外，法醫人類學家與其他法醫科專業人士最不一樣的是，如有需要，我們要協助戰爭罪案（war crime）及大型傷亡事件（mass fatality incident）的調查工作。法醫人類學是一個人道主義色彩很重的專業。這也說明一點，法醫人類學的能力其實非常有限，我們未必能從社會層面改變甚麼，也沒有太大能耐去影響政策的推動。法醫人類學家最關注的是「人」，無論是在世的人還是已經離世的人；無論是無辜的平民，還是有罪

的戰爭罪犯；無論他是否被社會推到邊緣的人，我們關注的是每個來到這個世界生活的人有沒有受到有尊嚴的對待。

人的骨頭，花一生的時間建立，就如與至親至愛的感情。骨頭與感情的成長均可以受內在及外在因素影響，這特性令到骨頭及感情都可以經得起時間的考驗，令後人知道及了解更多前人的經歷。就像 Alfredo Pablo Gomez 的姊姊，為了尋找弟弟的消息及下落，不惜親自走一次那條艱鉅的沙漠路途，哪怕滿地荊棘及天氣酷熱，當中的愛突破一切難關繼續綻放。我遇過不少像 Alfredo Pablo Gomez 姊姊的家屬，心裡的期許就是有一天失蹤的家人會出現在家門前，或至少能看到屍體，結束那無盡的等待。

皇天不負苦心人，調查人員重新為「17-1568-John Doe」的手注入水分後，終於成功套取了指模，亦「幸運地」由於之前他曾被逮捕，因而邊境部門有他的紀錄，能夠找到這名男子的身份。從此，他的名字不再是「17-1568-John Doe」，而是已經用了三十一年的名字 Alfredo Pablo Gomez。姊姊雖然在自己的征途上失望而回，但最終也能找到了一個答案。不論是為自己，為家人，甚至是為了弟弟。尋找到名字的一刻，猶如為這骸骨吁了口氣，從此他不再只是一副骸骨，也不再只是一個編號。經過家人再三確認，他的屍體送到家鄉的殯儀館舉行了殮葬儀式。

◎骨頭是沉默的歷史證人

可惜的是，不是所有骸骨都能有這個圓滿結局。或許你會認為他們不應該以非法途徑進入美國，那麼就不會有這樣的事情發生。應否以非法途徑進入美國，是否按照美國總統特朗普的方法築了一道牆就能制止非法入境，減低因此而喪生的數字，這些在此暫且不評論，但絕對值得另外關注。放眼世界，今天我們可以在波斯尼亞、克羅地亞、柬埔寨、索馬里蘭、東帝汶等地找到以十年計的戰爭痕跡及萬人塚。相信以今天緬甸及敘利亞的屠殺及戰爭來看，同行間都明白在不久將來，我們這個專業將聚集在這些地區工作，為曾經絕望但仍堅強面對的人民尋找他們追尋的答案，以及為他們對家人的愛提供一個落幕的機會。

沉默的證人及目擊者不會說謊，雖然他們被滅聲了，但不代表他們只懂退讓，他們的話語只是需要以另一方式來解讀。

第二章
墳場上的螞蟻

早上四時四十五分，我們一行十七人從宿舍出發前往墳場，希望趕得及於晨光第一線開始工作。由於塞浦路斯的太陽異常猛烈，中午氣溫經常高達四十度，當地政府以健康為由，禁止人們在酷熱警告生效時於戶外工作。為爭取多一點時間，我們只好不斷把工作時間提早。

一大清早到達墳場後，顧問跑過來跟我說：「早安啊～Winsome！」「早安啊！」我一邊幫忙小隊整理工具一邊回應道。

接著她把我拉到倉庫的一旁，說：「今天我決定重新整合這兩個小組，神父剛剛通知我，有個來歷不明的墳墓在墳場中央，想我們其中一個小組前往協助。如有需要，我們會邀請警方展開調查。一切取決於我們挖掘的發現啦。」聽到來歷不明的墳墓的瞬間既驚喜又興奮，我立刻放下手上正在整理的工具，腦海已經出現調配人手的構思。

「我會把所有人送到大樹下那個墓地，讓他們先開始工作。然後，我跟你到那個新項目的據點看看。」我交代道。她聽後點頭回應：「那麼我去找神父了解清楚那墳墓的事。」我點頭表示認同，之後兩人分道揚鑣。

◎墳場中央已荒廢的墳墓

安頓好小隊後，我跟顧問往那個來歷不明的墳墓走去。在差不多墳場的正中間位置找到了墳墓。看上去，並沒有可疑之處，從墓地旁邊雜草生長的情況來看，短期內沒有被人騷擾過的痕跡。

我回到大樹下，把早已安排跟我一起去探險的小隊帶走。小隊到達後，顧問吩咐我們架起帳篷，然後向我們簡述她知道的背景資料。

「神父及墳場管理員認為這個墳墓在墳場中央，位置非常可疑，翻查最近的紀錄也沒有甚麼發現，因此想我們嘗試挖掘看看。」她停頓了一會，接著道：「你們只有一天半的時間。加油！」

由三人組成的小隊，加上我這個要在兩個挖掘項目中間跑來跑去的監督，看著眼前這個貌似「Mission Impossible」的挑戰，只好像螞蟻搬食物般，好好策劃每項分工和人手。

或許，大家對考古學的印象都是來自電影《盜墓者羅拉》，或 Indiana Jones 這個電影角色。坦白說，上述都是較遜色的考古學代表。一般人對考古學的印象是挖掘一些歷史悠久的文物，但其實考古學跟法證科／法醫科的相似度非常高！同樣是想理解事件發生的先後次序、事件的類型，甚至背後的一些誘因。雖然他們追求的結果有點不一樣，但終極目標都是想尋找證據去為自己負責的案件論證。

大部分的鑑證科人員和調查員都沒有尋找隱藏墓地，甚至亂葬崗的經驗，或許連如何處理這類案件及情況也不太清楚。最常見的錯誤是找到骸骨或屍體後，以為愈快挖出來愈好，結果不但容易導致骸骨損毀，甚至會破壞了骸骨周邊的證據。而法醫考古學的出現，就是想減少這類可以避免的錯誤。

◎法醫考古學的應用

考古學是研究人類過去生活的一門科學，研究物質證據（material evidence）去決定模式（pattern）及伴存（association），以了解及明白任何造就這情境的事件。已故法醫人類學家 Clyde Snow 曾說：「法醫科絕對可以採用並改良考古學家一直以來使用的有系統做法，協助調查人員從墓地及其表面重組及找尋物件。(Systematic recovery of the materials methods long employed by archaeologists to solve similar problems.)」

法醫考古學訓練法醫考古學家如何去找尋（locate）、挖掘（excavate）及記錄（record）人體骸骨，以便在墓地移除屍體之前獲取最多的資訊，包括：墓地出現的日期、放置甚至棄置屍體的方法、骸骨與周邊物件的關係及保留下來的物品，例如衣物等。因此，將考古學的方法應用到犯罪現場的挖掘上，能夠有效協助調查人員準確且細緻地記錄及重組任何有關證據。這些工序對之後尋找死者身份、事件發生的過程都有莫大幫助，甚至可以幫助尋找兇手及犯案者。

考古學與法醫科最大的分別是前者研究的物件及脈絡關係都是較古老的，而後者的時間性則較短。不過，無論時間長短，兩者要處理的脈絡關係都是入侵性的，因為由發現開始，每一次處理都會失去部分證據，每一次來到現場都會造成一次改變、污染。因此，考古學當中的一些重要原則全部都能夠應用在法醫科上，例如：

一、疊加定理（superposition）

無論是有機還是無機物質，在犯罪現場都是按照既定次序放置。在法醫考古學角度來看，每次挖掘最先找到的（亦即最頂、最接近地面的）都是最新或最後放置的，愈底層就愈舊。

二、伴存（association）

於一個地點出現或於同一個地點發現的物件，跟其他考古遺存共同存在的意思及關係。從法醫考古學來看，我們會假設於一個墓地（例如：萬人塚）裡的所有骸骨或遺骸都有關係，可以是來自單一事件。

三、重現（recurrence）

當一件事不停重複出現，就不會是偶然！這可以泛指一件於墓地找到的物件、一個經常使用的機器等。這都表明不是偶然發生的，而是有動機的行為。簡單舉一個例子：如果一個人對中國殯儀文化不太認識，看到那麼多人拿著菊花去掃墓，並將它放到墓地前，就會猜想到菊花一定有些象徵意義，而不是一個巧合。

上述三個原則引申到一個法醫考古學及考古學的核心概念——脈絡關係（context）。脈絡關係是指一件物件，甚至數件物件一旦進入了同一個體系或空間後，會和自然環境產生互動，形成一個相對應的關係。任何物件都無法脫離這個互動關係，包括去考察並調查的我們。因此，有系統性地記錄及策劃每宗個案是非常重要的步驟。只有了解脈絡關係，才能完全理解甚至明白證據的意思。想了解脈絡關係的重要性，「棺內分娩」（coffin birth）是一個好例子。

◎罕見的棺內分娩

兩年前我也曾來到塞浦路斯工作，為當地教會處理一些墳墓。這些墳墓要不沒有家屬前來拜祭，要不就是因為家屬沒有能力再續租墳墓，於是教會尋求我們的協助把墳墓裡的遺體挖出來，整理乾淨後，期待有天家人會前來領回骸骨。某天挖掘墳墓後，我正準備記錄墳墓的情況，墳墓內發現的骸骨完全符合資料中的描述，是一名女子。可是，我們在她的盆骨附近找到了一副嬰兒骸骨。整個景象不禁令人瘋狂，這是罕見的棺內分娩。

棺內分娩於學界的正式名稱為 postmortem fetal extrusion（postmortem：死後；

fetal：嬰兒；extrusion：排出），發生這現象是由於孕婦的身體腐化時，體內產生的氣體壓迫著子宮，繼而把還沒有出生的嬰兒推出體外，造成類似棺內分娩的畫面。雖然理論上解釋到這個現象是如何發生，暫時卻還沒法具體掌握為甚麼會有這個情況。這個現象並不會發生在所有孕婦屍體上，亦較少發生在現代社會裡。其中一個原因是為屍體做防腐時，一般都會把體內的液體及細菌去掉，使屍體腐化時不會有那麼多氣體積聚。若要舉出有文獻記載的案例，最近期的可以參考二〇〇八年的兩個案例。

單憑墳墓裡有一嬰兒及一女子的遺體，以疑似產子的方式疊放就斷定是棺內分娩，這確實有點兒戲，因為在醫療發展落後的年代，孕婦分娩實在是以性命作賭博的行為。有研究報告指出，要斷定是否棺內分娩，首先要觀察嬰兒是否在盆骨內，以及嬰兒的頭應該跟媽媽的方向不一樣。儘管這個情況很罕見，二〇一七年三月卻有報道指出，在十四世紀的黑死病墳墓內發現了棺內分娩的情況，而該名嬰兒約滿三十八至四十週。

分娩是一個文化（cultural）及生理（biological）過程。雖然生理上都是有既定的程序及步驟，但在文化層面上卻可以大有不同，特別是不同地方的文化會以不同方式去處理於分娩時去世的女士、嬰兒，有些文化更會把兩者埋葬在一起。因此，憑藉單一歷史角度或科學角度去理解這個現象是不夠的。作為處理這些骸骨的我們，必須將於墳墓內找到的所有資料一一記錄下來，並以多角度考量墓裡骸骨的關係及故事。

◎伴存關係及脈絡關係

從我第一天於不同媒體寫文章開始，我不停強調尋找到可疑屍骸或骸骨後，必須要盡全力保持現場甚至墳墓裡的完整性，必須要有規劃地、準確地及有系統地仔細記錄現場環境。由任何人進入封鎖範圍開始，就已經是非常具入侵性的行為，這些舉動足以影響對現場及屍骸的分析。脈絡關係及其伴存關係令到物件在每一次調查及法律層面上均有著重要的價值，特別是在重整犯罪現場的時間次序方面。雖然物件的伴存關係未必是即時性，但都必須要耐心！耐心！耐心！（因為非常重要，要講三次。）例如，你在一個萬人塚中找到一條繩子，後來才知道這條繩子是用來把所有屍體綁起來才下葬。如果一開始就斷定繩子是沒有特別作用的話，故事的發展就不能完全被了解及明白。因此，一般於犯罪現場（特別是反人道罪的情況）只求盡快把屍體移走，或是把屍體起出來鑑定身份的話，墓地裡的脈絡關係就會很容易被破壞。

每個犯罪現場都是獨一無二的，因此每次蒐證及挖掘都要重新策劃，沒有從頭到尾完全相同或萬用的做法。要考慮的除了是墓地的性質外，每次的資源、所需要調查的事件，甚至墓地的所在地等，都是策劃挖掘和蒐證工作時需要考慮的範圍。我們所謂的技術或指引可以說是一個思考框架，以協助調查人員搜集最多、最可靠的證據。

挖掘工作開展了半天，我們在大約離地面四十厘米左右找到了一堆像薯仔的根部植物，我們一桶一桶的收集起來。每次我們覺得累及肚餓時，看到這些「薯仔」都很有衝動去把它們煮熟來吃，哈哈！

小隊中的 Christine 在挖掘期間不停地說：「我覺得這裡面甚麼都沒有，我們趕快收拾去休息吧！」不要誤會她只是在抱怨和發放負能量而沒有工作啊！幾乎每次要用到泥鏟時，都是由她負責的，加上我們工作的環境是七月份的塞浦路斯，未到中午都已經三、四十度，萬里無雲，只有大太陽！

第一天差不多過去的時候，我們已經挖到大約一百厘米深。我們開始找到懷疑是人體殘骸的部分。當找到懷疑是骨頭後，便要立刻停下來拍照及記錄深度。法醫考古學是一個

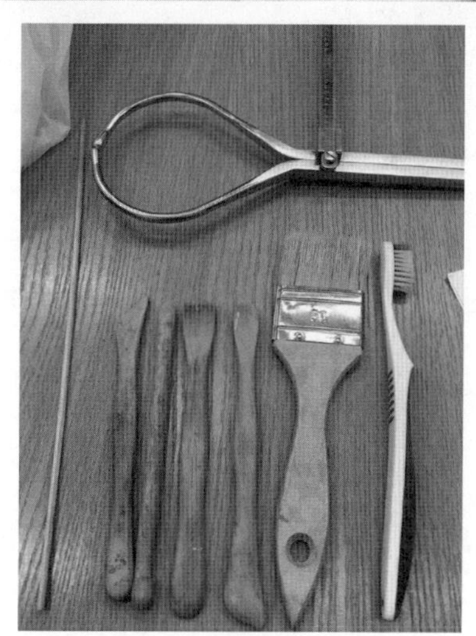

一般清潔骨頭時使用到的工具。

以三維（three dimensional）定位的科學，我們會將物件的長度（length）、闊度（width）及深度（depth/elevation），以米（meter）或厘米（centimeter）作為單位記錄。記錄程序完成後，我們繼續以畫掃（paint brush）輕輕地撥開泥土，希望把更多骨頭呈現出來。到這一部分為止，除非是有任何小塊骨頭（碎骨、手骨、腳骨等）已經鬆脫，否則我們不會那麼快就把骨頭拉出來。有些時候，我們看到完整的手腳骨後會首先用布或膠袋及繩子包裹著它們，形成一個像叮噹／多啦A夢手的畫面，目的是想保持原位的同時，又不會令骨頭散掉。這樣可以確保挖掘人員之後能夠清楚記錄及了解骨頭呈現的狀態與姿勢，從而幫助分析。這種把物件保持原位的做法稱為「in situ」[註一]。

因為出現這些懷疑是骸骨的地理位置很不正常，令我有點擔心。這墳墓位於一個正在使用的墳場的中心位置，右邊是一個歷史悠久的墳墓，後面則是一條用水泥鋪設的行人路。重點是，這個懷疑找到骸骨的位置處於墓坑的右上角！換句話說，如果它們真的是骸骨，我們就必須把墓坑的挖掘範圍擴大，因為這代表著整個墳墓的位置比我們原本被知會的偏向右方並往上移（如果骸骨在墓坑正中位置，代表墳墓位置正確，那就未必需要擴大範圍挖掘）。更重要的是，如果它與周邊的物件交叉重疊的話，那我們到底是要爆破行人路，還是要連別人的墳墓也一起挖掘呢？我把這個發現告訴顧問，她看到後也嚇了一跳，我們決定先向神父查問有沒有這個墓坑的更多資料。

翌日早上，由於前一天已經把懷疑是骸骨的部分記錄好，小隊就開始慢慢地把周邊的泥土逐少拿走，嘗試把這些懷疑是殘骸的部分立體呈現出來。

「早安啊～好消息！」顧問從遠方邊走來邊說。

「我問了神父，也翻查了紀錄，上次有關這個墓坑的紀錄大概是二十至三十年前。而旁邊的墳墓是更久以前就存在，所以不用怕了！至於行人路，就有待你們報喜啦！」

個人認為若真的要爆破行人路還是可以的，但要挖掘別人的家族墳墓的話，我就真的感到不好意思。

註

一、In situ 為拉丁文，字面上有「在原本位置」的意思。

幾個小時後，負責的小隊終於把懷疑用來放置骸骨的部分完全呈現出來，發現原來是個棺木。這一刻，連切斷行人路的可能性都剔除了。小隊們很厲害，不消一會就把整個棺木以立體型態呈現出來。說實話，這個棺木給人的感覺是來自一個非常體面的葬禮。去掉棺木的蓋後，我們找到了真正的骨頭。

我們之後討論的問題是，如果有棺木就代表這是一個經過處理的殯葬，甚至曾經舉行葬禮，那為甚麼會沒有紀錄呢？

一般法醫人類學家都不會在挖掘的時候同時進行分析，只會專心地記錄所有物件，把它們分別用紙袋裝好，紙袋上必須清楚地寫上案件編號、日期、經手人及物件內容（如果是骨頭，屬於哪一個部位？是來自身體的左邊還是右邊？）。記錄之前必須

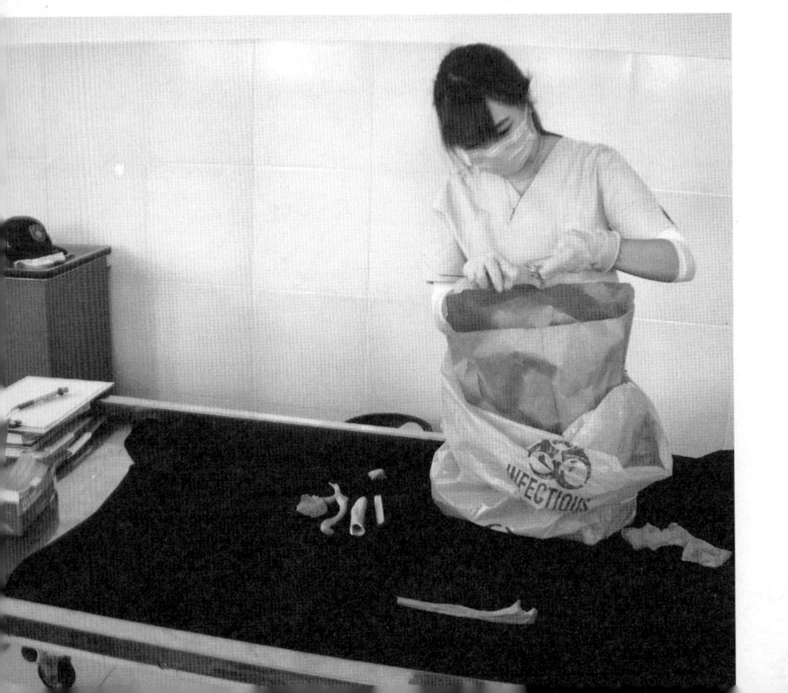

拍照，並以圖像形式把骨頭的姿勢、朝向等記錄下來。除了圖像外，詳細的文字紀錄也是必需的，因為一旦做好記錄，骨頭就會被移除，墓地的樣貌從此不一樣。

記錄屍體的姿勢是最為重要的一環，形容及記錄屍體姿勢的時候，多會分成三部分：腿部、手部及頭部。腿部的形容可以分為伸直（extended）、半蜷曲（semi-flexed）及蜷曲（flexed），或是胎兒姿勢（fetal position）。手部的形容大致可分為四類：垂直放在身旁、交叉在盆骨前、交叉在胸口前、舉高在頭上。最後，頭部會以面朝的方向來分類形容：直望、向左、向右、下巴碰著心口、向後仰等。由於每個人的理解都不一樣，因此描述愈詳細愈好！

◎骸骨衣著不搭調背後的故事

這具棺木裡的骸骨是非常完整的，雙腳伸直，雙手垂直放在兩旁，頭呈現自然的仰睡姿勢。但棺木裡有一樣很奇怪的物件——枕頭。此外，我們亦發現他的衣服有點不搭調——下身是像睡衣褲的衣物，上身則是普通的襯衫。

當下每個人心裡都有個疑問：「既然是看似舉行過葬禮儀式，又是被人處理過的屍體，為甚麼屍體會穿得那麼隨便？另外，枕頭又是甚麼回事？」當我們完成記錄、畫圖和拍照後，嘗試把骨頭取出時，我們必須先為他寬衣。此時，小隊再也按捺不住，當場簡單地推斷死者的生前資料：年齡及性別。

法醫人類學其中一個範疇是要推斷死者的性別（sex）。而作為人類學家，我們強調推斷的是男女生理結構的不一樣，而不是社會一般接受或認知的男性或女性（gender）。後者，為社會概念及世俗所界定，而前者則是與生俱來的。這個案件正好用來解釋人類學家一而再，再而三強調兩者的分別及重要性的最佳證明。

大家初步有個共識，從骨頭來看是個年約四十至五十歲的男人。之後處理棺木裡的枕頭時，發現它並不是真正的枕頭，而是一個枕頭套裝著一堆女性衣物。

到底這副骨頭的主人是男還是女呢？我們再分別重新做一次推斷，甚至邀請顧問來一起推斷。以平常的性別推斷方式，我們從盆骨及頭骨來推斷，依然認為死者為男性。顧問隨後亦覺得有些奇怪，主動向教會查詢並找出有關這個墳墓的所有紀錄。雖然墳場的紀錄冊沒有關於這個墳墓的資料，神父依然願意嘗試尋找有關這個墳墓的醫療檔案。最後找到的醫療紀錄跟我們推斷的結果一致。那到底為甚麼會有女性衣物呢？

經過一番努力，我們終於找到了這副骸骨的親屬，跟他們聯繫後，我們的推論跟說法一致：死者為一死於七十年代左右的男同性戀者。據說當時的神父及教會對此極力反對，家人亦沒有意欲處理屍體，他的屍體就由當地的「院出」政策去處理，即政府會支付無人認領屍體的殮葬費及儀式費用。而那一袋衣服，估計是由於他的衣飾在當時不符合教會的觀念，故被除掉放到袋中，他身上的衣物配搭很有可能是隨手找到甚麼就給他穿上甚麼。

我們跟骸骨主人的親屬聯絡時，沒想過他們會冷淡地回應道：「我們跟『他』已沒有瓜葛。」眾人聽罷感到無奈，我望望存骨間裡的兩千個箱子，再定眼看這個箱子，說了一句：「至少，他在這裡有很多同伴。」

我旁邊的另外一個顧問說：「至少，我們很喜歡他！」

"When we die, our bodies become the grass, and the antelope eat the grass. And so we are all connected in the great circle of life."

「我們死後，我們的身體成為草，動物以草為食糧。因此我們都是以生命之輪連結起來。」

Mufasa, *The Lion King*

"Far from being 'dead'... a rotting corpse is teeming with life."

「距離『（真實）死亡』很遠……腐化中的屍體充滿生命。」

Moheb Costandi, *The Guardian*

第三章

死神「Pumpkin Spice Latte」

法醫人類學家其中的重點工作除了處理骨頭外，另外最受大家注目的必定是我們要處理臭氣沖天、樣貌全失的腐屍！不論屍體腐化至甚麼程度，法醫人類學家處理案件時都會分析骨頭隨年齡而產生的變化，分析骨頭上的某些特徵，繼而推斷死者生前的種族背景，以及身高。我特別強調「不論屍體腐化至甚麼程度」，因為即使是「新鮮」（fresh）的屍體，即帶有軟組織的屍體，如果法醫人類學家想檢查骨頭，都會用手術用的器具割開軟組織以展示骨頭組織。

言下之意，需要法醫人類學家「出手」的理想情形是屍骸不能明確的從身體特徵辨認身份，如屍體被木乃伊化（mummified）、被屍蠟（adipocere）包裹著、骨頭化（skeletonized）、炭化（carbonized），甚至以上各種特殊情況的混合版。屍體呈現的模樣，與屍體從死亡的一刻到後來被存放的環境有密切關係，因此所有的內外環境因素都必須列入分析之列。

我於殮房接觸腐爛發臭的屍體的機率比在挖掘、起墳時接觸的還要高！而作為有奇怪幸運之神眷顧的我，過去三年於塞浦路斯工作期間，共遇過兩宗腐屍挖掘案件。其中最為弔詭的是從二〇一四年起便嘗試「出土」的男腐屍。

◎塞浦路斯一男腐屍家屬的「緊急申請」

二〇一七年七月的一天，我監工的墳場中，其中一男腐屍的家屬一早便提出了有關於處理其先人墳墓的緊急申請。

塞浦路斯的土葬有兩種做法。第一種做法是直接購買一個屬於家族的墳墓。據說這是一貫的傳統，但因為後來有了別的做法，加上經濟問題，令部分塞浦路斯人未能負擔高昂的費用，於是第二種做法也就通用起來——租。顧問說，現在的墳墓一般都帶五年租約，約滿後，除非家屬買下原本租用的墳墓，不然就會將先人的骸骨挖掘出來。顧問表示，這是很多家屬最後選擇的做法。至於買下墳墓的家族，幾年後也可能會掘起先人的骸骨，以騰出空間給其他家庭成員下葬。

法醫人類學家日常做的很大比率都屬於人道工作，尤其是那些無名氏的墳地，大多會由我們處理。在塞浦路斯若有家人要將先人起墳，必須經教會處理和申請。這次我們到來剛巧為教會工作，所以起墳一事就由我們這班「專業掘墳員」來負責，被掘起來的先人經過清洗及處理後，我們會把先人的二百零六塊骨頭放到一個長度差不多相等於兩個鞋盒的鐵盒裡，交還給家人。

掘墳不一定只會找到象牙色的骨頭，屍體的狀況會按照氣候跟土壤各種因素而定。也就是說，有機會遺體掘出時仍帶有強烈的屍臭味，而且還在腐化過程中。我們這天處理的緊急申請正是屬於這一類。

◎入土五年卻沒有腐化的屍體

這個墳於二〇〇九年下葬，家屬於二〇一四年向教會及墳場申請把先人起出來，讓他們帶先人回家。我們的項目顧問憶述，當時她親自處理這個申請，誰料挖掘時發現屍體並沒有完全腐化（而且像剛下葬一樣）。基於健康安全理由（因為不清楚屍體死前有否受任何感染，或是怕腐化時組織跟屍體內的排泄物混在一起，接觸到水源的話會影響人體健康），她只好立刻把這個墳重新填好，通知家屬暫時不能提取先人的骸骨，並答應兩年後再觀察。

至二〇一六年，按照承諾，他們又回去這個墳，打算再次把先人起出來。可是這次平躺的屍體底部仍在腐化，其餘已經半木乃伊化。他們把包裹屍體的唯一屍袋脫掉，將屍體反轉，同時把大量泥土堆上屍體，以吸收腐化產生的汁液。希望經過人為「騷擾」後，可以加快屍體的腐化速度。

看到腐爛中的屍體，一般人都會感到不安或害怕，甚至不想去討論。但，其實屍體都富有生命的！屍體對於生態環境的益處從心臟停止跳動那一刻開始，並隨著屍體腐化繼而演變，整個過程有如毛毛蟲化繭成蝶如此美妙。

◎屍體腐化的階段六及七

如果大家有印象，會記得《屍骨的餘音》中提到有關屍體腐化的程序可分為七個階段（這是一個非常概括的分類，不同學者會有不同的分段方法），而其速度會按照四周的環境因素而有所不同。

一、死者膚色變白（pallor mortis/postmortem paleness）

二、屍斑出現（livor mortis）

三、體溫下降（algor mortis）

四、屍體僵硬（rigor mortis）
五、內組織腐化（putrefaction）
六、屍體腐化（decomposition）
七、骨頭化（skeletonization）

由於腐化速度多變，研究其受影響的誘因可以幫助執法人員盡快斷定死者的死亡時間——從死者死亡一刻到屍體被發現一刻的時間。而法醫一般會處理的為前五個階段，而法醫人類學家參與的主要是階段六及七。

屍體腐化的多樣性一般多變於第五及第六個階段。其多樣性及多變化往往令到專業人士，例如執法單位、法醫官都有所卻步。我在東帝汶工作時，警察為怕我看到這些噁心畫面，打算把我鎖在空置的解剖室，我一邊不停說自己接受到這種場面，一邊自顧自走到正在做解剖的解剖室去。警察在解剖室中故作鎮定的同時，卻被我的表現嚇到了，沒想到我會看得那麼入神。而當天負責替法醫拍攝解剖時的照片作紀錄的警察，見到已經發黑、滿佈屍蟲的屍體時，竟害怕得抱著照相機跑到殮房那邊去，弄得法醫官每次需拍照時都要到殮房門口找他，令人哭笑不得！

屍體腐化主要由自我消化（autolysis/self-digestion）及內組織腐化（putrefaction）兩個過程組成。而一般的法醫學多半流於後者的那個層面上。容許我重申，屍體腐化的速度會按著屍體的體形、環境因素、屍體有衣物覆蓋與否所影響。接下來，讓我隨著屍體被發現後的時間慢慢解釋其變化進程，說明一下如何從一具灰白、沒有血色的屍體變成一杯由死神特製的「Pumpkin Spice Latte」（南瓜香料拿鐵）。

一、第一週

屍體的顏色一般會由灰色慢慢演變至綠色，而這種顏色變化會先由盆骨兩側（iliac fossa）開始。由於腸臟內的細菌在心跳停止後，會在酵素的協助下自動分解血液內的血紅蛋白（hemoglobin）成為硫血紅蛋白（sulfhemoglobin），以及綠色色素（the green abdominal stain）。

這些細菌會慢慢的從腸臟輾轉分佈至整個腹腔及上游，甚至喉嚨等位置[註一]。同時，

註

一、有學術研究指出屍體死後二十小時在肝臟找到一種細菌，五十八小時後則所有器官都已經找到該種細菌的痕跡。

它們與酵素的化學作用會產生氣體，因此部分於早期腐化階段的屍體腹部會腫脹。腐化的汁液也會導致屍體臉部及頸部腫脹，而這些液體及其釋放的氣體，有時候更會造成伸脷及眼凸這些恐怖畫面。這些臉部變化令執法單位，甚至法醫官不能單靠樣貌去辨識死者身份。然後細菌會慢慢入侵屍體的血管，細菌把血管內的血紅蛋白分解並產生綠色色素，令血管裡漸漸變成綠色[註二]，過程會令屍體造成類似大理石紋理（marbling）的效果。最後屍體的表皮會慢慢剝落，繼而令到套取指紋有困難。《屍骨的餘音》中曾提到很多警察以為這樣的情況就是進階腐化的程度，其實戲肉才剛開始呢！

二、數週內

屍體腫脹（bloating）是因為屍體腐化時產生氣體所致，可說是早期腐化（early decomposition）及進階腐化（advanced decomposition）的分界線。這是由於內組織腐化，將平常需要氧氣（aerobic）才能成長的細菌換成無氧（anaerobic）。

細菌於屍體內的化學作用產生了大量氣體，這些氣體於體內造成的壓力能把屍體內的排泄物（即大小二便）推出體外，甚至造成棺內分娩的疑團（詳情請參閱第二章）。這些氣體亦會把一些體液透過不同的氣孔排出體外，由於體液有機會帶著血，因而產生吐血的錯覺。另外，因為腐化而產生的啡色液體會慢慢的滲出屍體外，故被稱作專門為死神準備的一杯特調。

屍體會由綠色慢慢變成深啡色，繼而變黑。因為組織腐化而產生的液體及氣體會令屍體頭部及頸部腫脹，令屍體辨認難上加難！[註三] 這症狀被部分學者稱為「黑人頭」（blackman's head）。這個時候如果單憑視覺效果判斷，都會誤判死者為體形龐大，但實際上那是因為腐化而產生氣體造成的假象，令屍體猶如充了氣的氣球。這個時候，屍體已經獨立成為了一個生態系統，腐化的氣味及軟組織吸引了母蒼蠅（calliphoridae，也稱「麗蠅」）的到來，牠們會在帶水分的器官及傷口產卵。每一隻母蒼蠅會產約莫二百五十粒卵，並於二十四小時內孵化，成為屍蟲（maggots，也稱「蛆蟲」）。牠們會自動自覺「捐窿搵食」，並同時為外界空氣中的細菌打開了通道，進入屍體分一杯羹！

註

二、由於身體佈滿血管，所以只要任何有血液觸及的地方，屍體都會慢慢變色。

三、屍體頭部腫脹一般於第一週開始，腫脹程度會根據屍體存放的環境而不同。舌頭因腫脹，以及因腐化而產生氣體造成壓力，會於上下顎牙齒之間吐出。

三、後期腐化

蒼蠅幼蟲，即屍蟲，經過三次蛻變後，會變成蒼蠅，之後牠們就不再喜歡這頓盛宴，反之會吸引其他品種過來「享受」剩下的屍體。被吸引的動物次序有一個大概的規律，但多半按環境來決定。被吸引過來的動物不全是以屍體為目標，有些動物只是「趁墟」，順便漁人得利，捕捉其他昆蟲或動物。

二〇一七年五月，美國首次於境內其中一個人體農場（body farm）的夜視錄影中錄得有小鹿「斑比」（名字取自我的迪士尼童年回憶）漫步走到屍體前用膳，並定睛看著鏡頭。這些野外用膳的動物多寡直接影響屍體變成骨頭的速度。

四、骨頭化

顧名思義，骨頭化指屍體上的絕大部分軟組織都已經跟骨頭脫離，此狀態令法醫人類學家可以直接分析和研究骨頭。當然這是最理想的情況，但現實是一具屍體都有機會出現不同程度的腐化階段，只有其中一部分才是骨頭化。最經典的情況通常是頭顱已經完全骨頭化，四肢已經木乃伊化，而背部已經皂化（saponification）——亦即被一般簡稱為屍蠟的鹼性物質包裹著。

屍體到底需要多少時間才能變成骨頭，其實是一個比較複雜的推算。一般研究都指向較熱及潮濕的天氣，令到腐化速度加快，繼而變成骨頭的機率較高。另外一個考慮因素是到底屍體有沒有被埋葬。有學術文獻指出如果屍體被埋葬於一個溫暖氣候的地方，撇除土壤類型、埋葬深度等，屍體都有機會按照直接暴露在空氣中的速度變成骨頭。在屍體變成骨頭時，所有軟組織（包括關節之間的軟骨）都會腐化及分解，之後會出現關節分離（disarticulation）的情況。關節分離的情況其實十分常見，特別是那些簡單暴露在空氣中的屍體。因此，就算找到一具完整的屍體，由於軟組織已消失，每一塊骨頭都不是連接起來的。

換句話說，屍體腐化速度的快慢取決於周遭空氣的溫度及濕度！如果在一個潮濕而溫度高的地方（視乎環境的組合），有不同的案例指出屍體可以於兩星期內完全變成骨頭，甚至有極端案例發生於極度潮濕的地方，令各類型的昆蟲有機會接觸屍體，屍體於三天內完全腐化成骨頭。在正常的情況，一般只需要十二至十八個月就可以令屍體依然帶著肌腱地半骨頭化；約三至五年，屍體可變成「乾淨」的一整副骨頭。

骨頭化的屍體。

如果你以為按道理推論，雨量極多的地方腐化速度會相對地快，那就錯了！雖然雨量多的地方濕度也相對高，但同時雨水會沖走母蒼蠅的卵，間接地減慢了屍體腐化速度。同樣道理亦能套用到大風及寒冷氣候地區。

既然屍體腐化速度及進展按照周遭環境情況而定，因此當屍體存放在極端環境條件下（極寒冷及極乾燥的氣候下）能減慢腐化速度。存放於乾燥環境的代表當然是大家都有所聽聞的木乃伊（mummy），而最廣為人知的製作方法就是古埃及木乃伊——把內臟抽取，將屍體防腐，以布條包裹屍體。然而亦有百分百純天然的做法。我們先退後一步了解，當屍體放在一個可以製作木乃伊的極端乾燥環境，因為氣溫高而濕度低，腐化速度會減慢，同時各樣細菌於這類環境都沒有能力生長。然後包裹木乃伊的布料，甚至是沙漠的沙都能幫忙扯走屍體內的水分，跟貓砂會扯走貓主子糞便中的水分同樣道理。亦因此，有布或衣物包裹的木乃伊會較快脫水。而屍體腐化的顏色有機會因為陽光直接照射的關係，由綠色轉為橙色，屍體的皮膚會相對的硬及乾，令屍蟲不能食用（正如嬰兒無法進食需要多咀嚼的食物一樣）。所以，你不會在木乃伊屍體上找到屍蟲，取而代之的是埋葬蟲（carrion beetles），專門食腐屍、真菌及糞便等。

◎現生成佛，自成木乃伊

除了以上做法外，於日本佛學分支真言宗（Shingon Buddhism），更有自成木乃伊的傳統——現生成佛，是僧侶奉行禁慾主義的一種（極端）修煉。一千年前，日本僧人空海從原本的日本佛學中創立了分支真言宗，它融合了神道、佛教及道教等學說，其下的僧侶都修習修驗道，是一種以克己及禁慾等方式修行的哲學，接近「真理」。僧侶要成為木乃伊的過程非常艱苦，可以說是一種折磨。如上文提及，要成為木乃伊必須要減少與敵人——細菌、水及空氣的接觸，但「現成生佛」與一般接觸的木乃伊文化不一樣，這些僧侶是從飲食入手。

首一千日：

除了果仁、種子及蔬果類食物外，其他都禁止進食。同時亦要進行大量的運動以減掉最多的體內脂肪。

一千零一至二千日：

飲食方面變成以進食樹皮、植物根部或草，甚至小石塊充飢，以減低營養吸收。另外，亦會飲用毒茶。這種茶其實是漆樹（urushi tree）的汁液，對人體有害，食用後會導致不停嘔吐及脫水的症狀。他們飲用這種汁液的原因是由於毒素可以預防蛆蟲於屍體上出現，防止屍體腐化。同時，僧侶會保持打坐，繼續以呼吸運動減低體內的脂肪含量。

最後旅程：

僧侶經過六年艱苦的準備後，把自己鎖在一個石棺裡。石棺的大小剛好只夠他以蓮花座的方式打坐。他會一直維持這個姿勢到死後。石棺有一小管子給僧侶呼吸之用。每天僧侶都會搖動石棺內的鈴，以告訴外界他還在世。直到有一天，搖鈴不再響。

另外一千天：

搖鈴不再響時，呼吸用的管子會被取走，石棺正式密封。由這一天開始，木乃伊化的過程就會於一千天後完結。

最後的一千天過去後，石棺會被重新打開，檢查木乃伊化的成果。如果成功了，木乃伊化的僧侶會被移送到寺廟裡供奉。如果僧侶的屍體不幸沒有成為木乃伊，他會被發放「安慰獎」入土為安，以感激他過去差不多十年的努力。

這個自我木乃伊化的行為一直風行到十九世紀，直至江戶幕府後期明治維新才廢除。紀錄顯示，共有超過一百名僧侶嘗試現生成佛，卻只有二十八人成功。這個做法除了於日本可以找到足跡之外，在東南亞如泰國都有機會看到。我前幾年於泰國蘇梅島的一所寺廟裡就看到一名現生成佛被信眾放在廟中心供奉。

◎水中的屍體

鐵達尼號（RMS Titanic）於一九一二年四月首航時因撞上冰山而沉沒，船上約一千五百名乘客及船員連同船身一起沉到海底，只有七百名生還者。

大家有沒有想過那一千五百名罹難者的屍體到哪裡去了？

雖然說有大約一千五百名罹難者，但到底有多少屍體是沉到海底去了？當中又有多少乘客穿上了救生衣，在海面漂浮十多分鐘後死於低溫症（hypothermia）？又有多少乘客是被船身撞擊沉沒時掉下的碎片擊中受傷而失救致死？說實話，我們永遠都不可能知道確實的數字。

後來的挖掘中發現約有三百四十具屍體藏於船骸裡，那就是說依然有一千一百六十具屍體自沉船後便失蹤了，但這不等於他們都在海底。了解當時鐵達尼號的屍體搜索過程（body recovery）可能會給我們一些頭緒。

首先，第一艘搜索船 The Mackay Bennett 於沉船意外發生三日後開始從加拿大 Nova Scotia 出發，直至意外發生後一星期才到達沉船地點。當搜索船到達的時候，雖然說海水有助減慢屍體腐化，不過只限於浸著的身體部分。至於暴露於空氣的身體部分，依照著平常身體的速度腐化，加上很多鳥類的「幫忙」，可以加速「處理」這些漂浮於海面的「糧食」。畢竟，這是一個汪洋大海！這一次的搜索，幸運地大部分的屍體都依然「整齊」，肢體沒有過分散落四周。The Mackay Bennett 搜索到共三百零六具屍體，另外兩艘船搜獲共二十具屍體。一個月後，另一艘船於沉船位置約三百二十一公里外，找到一艘小船載著另外三具屍體。

關於搜索到的屍體處理，他們把那些面目全非、認為難以辨認的一百六十六具屍體，以布料包裹後，綁上鐵塊，送回海裡。

水中的氧氣絕對是屍體腐化的好朋友，因為能夠加快腐化的速度，然而在水中的DNA非常容易受到破壞，因而不能用作鑑證用途。一般來說，軟組織接觸水後，DNA就不好抽取，甚至因為浸於水中，一般的指紋辨認身份都未必有用。

屍體在水裡的腐化速度跟陸上的有何不同？在水裡又是如何腐化到白骨的階段呢？假設一個人死後被棄屍於水中，屍體會先由頭至腳於十二小時內僵硬起來，並會於棄屍後的二十四小時內再由腳到頭回軟。正如我經常提到，屍體腐化的速度深受環境、溫度、氧氣、屍體有沒有被衣物包裹等因素影響，當屍體被放在水裡，無疑是減低了昆蟲接觸屍體的機率，但同時不要忘記水裡有著自己的生態系統，有自己的「屍體狩獵者」。

二〇一四年加拿大研究團隊利用豬的屍體做了一個有關於屍體於水中腐化速度的研究，研究人員把豬的屍體綁上監測鏡頭，沉到海裡。鏡頭拍攝了很多有趣的影像，例如有不同種類的海鮮來享用這一頓全豬宴，包括蝦、龍蝦（squat lobster）、蟹（Dungeness crab）等，牠們於水裡的屍體腐化系統中擔任著重要角色，這也解釋了為何於某水域或水源會找到一隻腳的肢骸。這個實驗中的三頭豬，以第三頭被消耗的速度為最慢，因為放置第三頭豬的水域的氧氣含量比放置第一及第二頭豬的為低，間接影響到「賓客」的出席率，繼而影響盛宴的消耗率。

水的溫度也是影響屍體腐化速度快慢的重要因素。按照各方學者的研究，屍體於暖水中腐化的速度，會比於冷水中快，所以若有屍體於冰川附近一帶被發現，其腐化速度跟在一般香港水域被發現的會很不一樣。除此之外，屍體棄置在淡水水域抑或鹹水水域對腐化的影響也極大。於淡水水域的屍體會腐化得較快，而於鹹水水域的屍體，因為鹽分幫忙抽乾了屍體裡的水分，繼而減慢了腐化速度，因此能保存得較好（即需要多一點時間才能腐化）。

如果骸骨是沉到海底深處，由於深海的氧氣含量相對地低，因而能有效阻隔空氣，以達到保存骨頭的效果。如電影中看到，某些住在下層船艙的乘客可能因為逃離不及而被困在船艙裡，可是因為沉船後有大量的氧氣透過水流帶入，所以屍體依然會腐化，而深海中的獵食動物群（例如：蟹、龍蝦）亦會慢慢吃掉屍體。然而若有船員於沉船時被困在引擎室，屍體有機會保存得較完整，甚至沒有腐化，因為引擎室位於船的深處，令海洋生物等難以接觸屍體。

簡單來說，只要屍體處於水中，都會比屍體暴露於空氣中腐化得慢，這是由於水中的溫度相對地低，以及水中含氧量不及空氣高，不但減低了昆蟲及狩獵動物接觸屍體的機會，也令協助屍體腐化的細菌難以開始工作。如果水溫較低，可減低屍體的發脹程度，亦能減慢內組織腐化，繼而令整副屍骨保存得比較完整。相反，在水溫相對地高的情況下，屍體的手腳很容易發脹，屍體甚至會手腳分離，頭髮、指甲及皮膚表皮亦會脫落。

回到本章開首神奇男子的腐屍，以塞浦路斯當地氣候來說，一般下葬後約四至五年，屍體就會完全腐化成骨頭。但由於申請者的先人是以屍袋下葬，我們懷疑是直接從醫院接出來後就立刻下葬了（後來亦跟家屬確認了這個說法）。死者生前接受的電療及藥療，都有機會減慢屍體腐化速度，因而產生這樣的案例。的確，有案例說明腐化中的屍體會更方便法醫人類學家分析骸骨，因為腐化過程中軟組織會自動脫落，省卻了我們起骨的工序。但因為當地衛生條例的限制，我們不能這樣處理眼前這名腐化中的男士。

而二〇一七年的這次，按照家屬的緊急要求，我帶領並監督我的小組進行挖掘工程，跟家屬一樣，希望可以把他取出，盡快送回家。可是，經過小隊的努力，發現屍體依然在腐化中，甚至有部分變成了像木乃伊質感的乾屍！看來，家屬只好再多等一年了。

我經常說，於寒冷的天氣裡，雙手捧著一杯如 Pumpkin Spice Latte 的熱飲，除了可暖身暖胃之外，喝下的第一口有喚醒神經、身體所有感官的作用，令我覺得很幸福，就像「Christmas in a cup」的感覺！挖掘腐屍其實也有異曲同工之妙，腐屍的氣味當然已經有「提神」的作用，重點是看到整個腐化過程，每次都可以令我感受到大自然震撼的力量！

按照熱力學第一定律（first law of thermodynamics），能量不能被憑空創造或破壞，只能從一種形式轉換成另一形式。因此，當物件有如屍體分解時，大自然只是將它們的質量（mass）轉換成能量。而屍體腐化看來是人生中最後的、最病態的提醒，提醒我們宇宙萬物，無論是誰，都必須跟隨這些基礎定律。它，會把我們分解，我們的身體總有一刻跟周遭不起眼的事物看齊，循環不息，繼而供其他生物好好運用。

「塵歸塵，土歸土」看似很玄，實在是科學不過。

第四章

骸骨鑑定魔法 II

某天早上六時半，我和我的小隊於利馬索爾（Limassol）其中一個挖掘申請的墳前開始工作，半個小時後，已經前進了五厘米的深度。正當我們很滿意進度，還在估計這天的進程應該比較輕鬆時，我接到了總顧問的訊息，她說收到了一個臨時緊急申請，要我把小隊正在處理的墳墓稍微收拾整理一下，然後帶同工具前往另一墳墓協助挖掘。

十五分鐘後，我們動身前往總顧問傳給我的地理位置，她同時附上有關這次緊急申請的詳細資料，主角是一名逾九十歲的老年男人，死於並葬於一九九〇年。這次的緊急申請是因為這個家族最近有人過世了，他們將會在這個家族墳地舉行葬禮，並安置剛去世的家人入土。註一

◎九十分鐘的緊急挖掘個案

了解過有關資料後，我們就馬上動手。過了一陣子，總顧問帶著兩名壯男來到我們工作的位置前，並向我們下了另外一道戰書：「Hello, ladies! 我要為你們帶來一個不幸的消息，由於衛生局剛就今天的氣溫預報發出了指示，預測在十一點氣溫會超過四十度，屆時將全面禁止戶外工作。」

「那就是說，我們也要離開，對吧？」小隊中的 Christine 問到。「對的，我剛問了墳場的管理員，他們大概十點三十分就會離開。換句話說，我們必須在十點正停工收拾，務必在十點二十分前撤退。」總顧問回應道。

「現在幾點？」我問道。「八點半。你們尚有一個半小時挖掘並取出先人，清潔後，再放好，並做簡單記錄！」總顧問對所有人說。

「怎麼可能啊？」小隊另一成員 Ann 抱怨道。「嘿嘿～所以我帶了這兩名彪形大漢來幫你們。他們會極速替你們挖到見到棺材的部分，隨後就你們自己加油了！」總顧問向 Ann 解釋道，隨即看著我：「Winsome，從現在起這裡由你來負責監工及分工，你要好好運用你有的三個人手，記得拍照及做筆記啊！也要提醒他們做照片記錄。」我聽後點頭。

註

一、這是一個家族墳墓，於利馬索爾一個家族墳墓裡安葬數名先人是十分常見的情況。由於怕「撈亂骨頭」，因此每次都會先整理好之前已下葬的骸骨，再騰空位置給準備入土的先人。

「要畫圖記錄嗎？」Ann 緊張地問。「不需要，」我回答，「因為是緊急事件，這次照片會是我們的最好紀錄。」「大家都了解清楚嗎？」看到每個人都點頭後，總顧問笑道：「那你們開始吧！」

彪形大漢果然是身手靈活，「三兩下手勢」就為我們挖到棺材的部分。趁著大漢們全力工作期間，我爭取時間安排小隊的各項分工。連同我在內才四個人，八隻手，到底要如何分配呢？思索一會後我拿定主意：一個爬到墳裡溫柔的把先人整理好，一個負責拍照及幫忙將墳裡的先人傳出來，另外兩人負責以乾刷子清潔及整理先人的骨頭，然後把它們包裝妥當（這是由於家屬額外要求，希望連同先人的骸骨於翌日的喪禮上重新安葬）。

爬進墳墓後，Ann 先小心檢查先人的頭骨。「頭顱並沒有完全與頸椎脫離，但也不

快速挖掘骸骨後的處理。

是完全連接著。」她說道。我俯身進去看清楚一點，Ann 說的沒錯，先人的遺體穿著西裝，整齊的「睡」在墳墓裡。

「這樣吧，」我說，「你看看能否拿起頭顱骨？因為如果沒有連結著的話，一會我們把老先生整個抽出來的時候，整顆頭顱有機會鬆脫並滾到地上去。」我邊說邊幻想這個畫面，若真的出現這情況，那就太不可原諒了，因此我緊盯著 Ann 檢查頭顱骨的部分。未幾，她轉頭望向我，雙手捧著頭顱骨。

我連忙交給身後拿著畫掃準備就緒的兩名隊員：「兩位，麻煩你們了。由於我們之後不會再有機會接觸這副骸骨，麻煩在清潔時，看看能否做一些基本分析，待會可以簡單記錄下來，謝謝！」正常情況是不允許在挖掘時候做分析的，不過如此特殊情況，時間緊迫下惟有這樣安排。

說時遲那時快，Ann 示意已準備好將骸骨逐個部分取出來。「不要！」我喊，「因為先人穿著西裝，骨頭可能藏到衣服中間，拿起時不察覺的話，骨頭很容易會掉到東一塊西一塊的！你看到旁邊白色那塊絹布嗎？它是鋪在棺材裡的襯裡（coffin liner），抓著那塊布包著先人送上來吧，我會接著的。」

總顧問這個時候突然在我耳邊說了句：「Good catch！我不出聲就是想看看你會用甚麼方法把先人從差不多一點七米深的地底取出，而又不會把骨頭掉到四周都是。」我道謝後，專注力回到 Am 身上，這是絕不能犯的錯！

我們成功把先人的骸骨從墳裡取出後，合力把他安置好，然後立刻開始清潔並拍照記錄。我們從為他解開西裝外套開始，發現是一套三件的款式。解開馬甲後，迎面而

死去並乾掉的屍蟲 BB 與泥土混在一起。

來的是一堆「泥土」。可是這堆「泥土」有點不太尋常，深啡色的泥土裡點綴著一些小小的白點。

「難道是……」我帶著手套的雙手捧起了這堆泥土（這個畫面好比小孩子見到初雪的反應），「近鏡」一看，我不禁興奮大聲喊：「噢～是死去的屍蟲BB啊！」（附上英文原句應該會更傳神：Oh! They are dead baby maggots!）有看過《屍骨的餘音》的讀者都知道，我對屍蟲是多麼的情有獨鍾啊！小隊的每個人聽到這句，都立刻放下手上的工作衝過來看。唯一不同的是，他們的表情及反應跟我是完全相反的，不約而同的說：「好噁心啊！」

◎骨頭留下的生活印證

被屍蟲BB擾攘一頓後，我們趕緊追趕進度。終於可以處理骸骨的下半身了，為骸骨脫去褲子後，一雙大腿上的反光金屬物料吸引了我們的注意。「這副骸骨的主人，雙腳的髖關節都裝有植入物。」小隊負責清潔的兩名隊員分別敘述道。

一個人的一生能夠於骨頭留下永不磨滅的痕跡，體質人類學家及生物考古學家致力不停研究，希望能從骨頭中找出線索。這些關於先人的線索不只限於飲食及病症，更可以是一個人每天的日常生活，或是從事某職業留下的痕跡。

舉個例子，我們兩條前臂骨中的尺骨（ulna）的大小會與投擲東西的頻繁度有關係。從生物考古學的角度，這可以在古時以擲矛獵食的獵人前臂上得到引證。放眼於現代社會，則多半於棒球投球手的前臂上看到。這是因為在脛骨上的旋後肌嵴（supinator crest）有過度發展（hyperdevelopment）的現象，肌肉會顯得比平常的健碩。按照沃爾夫定律（Wolff's law），骨會適應所在部位需承受的負載，如果負載適當地增加，骨骼也會慢慢變得強壯來承受重量。這定律不只適用於骨頭，亦適用於肌肉，因而可以推斷骸骨主人的慣性活動甚至職業。

另一個例子，假如於小腿脛骨（tibia）近腳跟的末端、盆骨及膝蓋看到與其他骨有不尋常的接觸面，都可代表骸骨主人有經常蹲的習慣。上述都只是各個生前指標的其中之一，美國法醫人類學家 Dr. Kenneth A.R. Kennedy 從研究結果中制定了一份清單，列出了共一百四十個因為工作或日常活動而於骸骨上留下的不同痕跡（occupational stress），能協助考古學家重組幾千年前人類的生活習慣，也是現今法醫人類學家鑑定身份的好工具。

法醫人類學家推斷任何關於生前活動或工作痕跡時，必須考慮到骨頭的構成、韌度等會受眾多因素影響，尤其是男女之間的差別。隨著人類從狩獵採集（hunter-gatherer）的生活模式，轉到一個比較靜態及以農業為主的生活模式，骨頭的發展也變得不一樣。以發現於中歐，介乎公元前五千二百年到公元一百年的脛骨做例子，因為經常跑步的關係，肌肉比較發達，因而脛骨會較粗壯；時至今天，由於現代人普遍少做運動，演變到人的脛骨較直及相對地沒有那麼粗壯。這個明顯的差別多發現於男性身上，女性的脛骨演變則沒有太大變化。

部分研究認為由於史前女性多從事家居工作，因而沒有男性那麼強壯。不過劍橋大學的研究就上述假設提出異議，該研究指出，我們一直都簡化了史前女性的工作量，認為她們多半從事靜態工作或是做得比男性少。該研究團隊利用3D激光影像系統（3D laser imaging system）去記錄共八十九塊脛骨及七十八塊上臂骨，這些標本分別來自中歐的新石器時代（Neolithic，公元前五千三百年至四千六百年）、銅器時代（Bronze Age，公元前三千二百年至一千四百五十年）、鐵器時代（Iron Age，公元前八百五十年至公元一百年）及中世紀（Middle Ages，公元八百年至八百五十年）。同一時間，他們亦邀請了劍橋大學有運動背景的女學生，包括跑手、足球員、划艇手，以及一般女學生（即沒有運動背

景）一起參與研究，以電腦掃描（computed tomography，簡稱 CT）獲取她們手部及腳部的X光片。註二

分析下來，脛骨的轉變跟以前學者做的研究沒有太大分別。但是當分析手臂骨的變化時，則發現了一個新的模式：來自新石器時代、銅器時代及鐵器時代的史前骨頭標本，都比現今女性手臂的骨頭強韌度（strength）高百分之五至十。比較之下，史前時期的女性手臂與現今划艇手的手臂比較類似。這表明了當時的女性需要使用與划艇手同樣的力量去挖溝渠、搬動耕作需要的籃子及工具、磨穀物等。由此可以證明，史前女性也需要做勞力需求高的工作，對上半身的能量需求比較大；相反，男性的工作則集中於運用一雙腿。

◎東帝汶的年輕農夫

生前病症或活動痕跡有時候會成為我們推斷骸骨身份時的唯一依靠。透過病理及創傷兩類資料，骸骨告訴我們到底死者生前從事甚麼類型的活動為主，或經歷了甚麼事件而身故。

這令我憶起之前處理有關生前病理和特徵的一個案件，骸骨主人是一名東帝汶農夫。他，是我當時在東帝汶處理那麼多個年輕人的其中之一，而他令我印象很深刻的原因是他脊椎上的病理狀況。

收到裝滿這年輕人骨頭的箱子後，我如常按照解剖體位（anatomical position）把骨頭排好，記錄骸骨的狀況後，就開始推斷他的性別及年齡：男性，約莫二十至三十歲。隨後量度他左邊的長骨（long bones），以方便之後換算他的高度。最後來到病理記錄的部分。

仔細檢查他的脊椎時，發現了一個名為薛門氏節點（Schmorl's node）的現象。這個現象多半發現於人體胸椎（thoracic vertebrae）及腰椎（lumbar vertebrae）的範圍，成因是椎間盤（intervertebral disc）的軟骨（cartilage）壓迫鄰近的椎體（vertebral body），闖過椎體，向椎體內邁進。如果單看椎體的話，會見到椎體上下兩側往內凹陷。這個病理可

註

二、電腦掃描（CT）的X光片一般為附有立體（3D）效果的電子圖像版本。

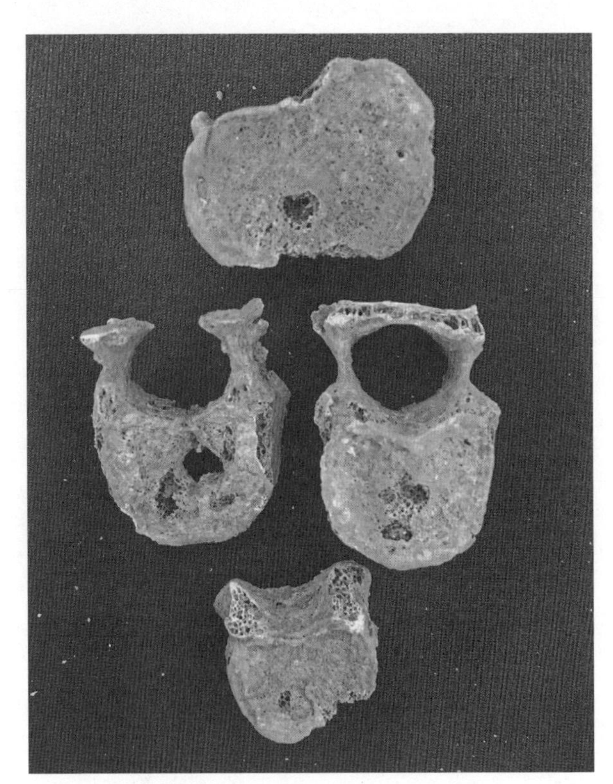

懷疑患有薛門氏節點的脊骨塊。

以依靠X光、電腦掃描及磁力共振掃描（magnetic resonance imaging，簡稱MRI）來診斷。

薛門氏節點於一九二七年被發現，它並非罕有現象，部分患者除了會感到腰痛，通常都不會有其他病徵，但歲月的流逝會增加疼痛感。真正的薛門氏節點成因有多種說法，包括椎體先天性缺陷、脊椎曾經遭受創傷等。而最為人廣泛認同的成因是脊椎長期勞損，故此比較常見於老年人的個案上。如果薛門氏節點的位置處於椎體較前的部分，會造成舒曼氏症（angular kyphosis，或專稱為 Scheuermann's disease），這個現象會令患者喪失了正常的腰部活動能力，或造成不能彎腰等症狀。另一說法是由於成長期間缺乏維他命D，因而造成薛門氏節點。但我在眼前這名年輕人身上看不到缺乏維他命D的明顯證據，加上他原本生活在一個陽光非常充沛的國家，我就暫且排除這個成因。

不過，如果單憑患有薛門氏節點去推斷死者為老年人就大錯特錯。重申，這是一個因為脊椎長期受壓，或於椎體成熟前便開始背負重物勞動工作的現象。這兩個情況分別於部分年輕職業運動員及年輕農夫身上都找到相似案例。而我眼前生於七十年代的他，似乎就是受薛門氏節點影響的年輕人之一。

這名年輕人屬於中等身材，由於生前經常走路，令大腿骨比其他骨頭較為粗壯（robust）。身上除了薛門氏節點外沒有太多的病徵或壓力痕跡。我在最後的分析報告中也有特別指出上述發現，希望警方尋找他的家人時可以比較容易做配對，讓他歸家。

◎不同的鑑證比較方法

人的骨頭需要長時間建立，當中過程牽涉到不停修復因各種壓力造成的創傷。因此，骨頭可以說是由出生到死亡經歷最多的人體部分。從考古學的角度，容許我們分別以個人層面及社群層面研究及觀察骨頭的多樣性，以及隨著文化、社會及時間而呈現的改變，這些經歷世世代代的改變是強調人與社群生活有緊密關係的最好證明。

除了病理及創傷的對比鑑證之外，常見的另類鑑證比較方法還有X光片（radiographic）、指模及牙齒特徵，以及DNA。X光片的

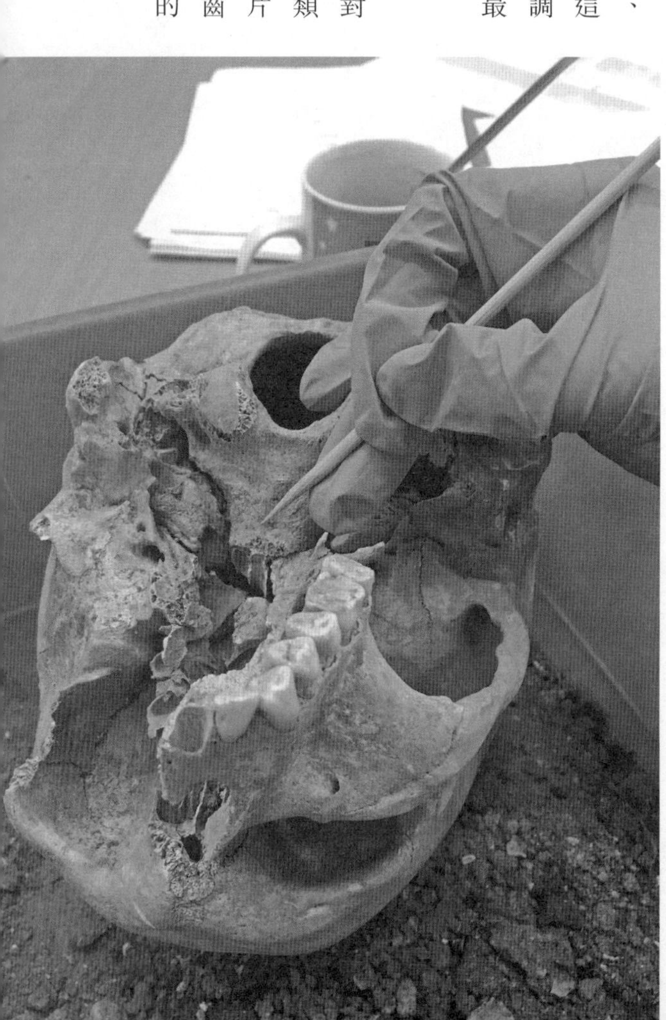

比較例如是曾經骨折的地方、牙齒，或是下一段將會提到的額竇部分。指模通常比較適用於還沒完全腐化的屍體。牙齒方面，一般都是按照幾個方向去比較，例如：有沒有哪顆牙齒不見了？有沒有任何牙齒植入物？有沒有特別多了一顆牙齒？這些通常於X光片上很容易看到。當然，與死者生前的X光片比較，找出愈多相同之處愈好（詳情參閱《屍骨的餘音》第五章）。

紀錄上，最早倡議採用X光片比對來鑑定死者身份是一九二一年，這年剛好也有學者倡議以額竇來協助判斷身份，藉著X光的配合，令這個以額竇來推斷身份的研究得以發展到今天。於一九二七年，以額竇來推斷身份的做法正式用於鑑定一具發現於印度的美國人腐爛屍體。自此，無論是考古還是查案，X光的參與率奇高，X光技術之發展也愈來愈成熟，因此調查人員收集亡者生前紀錄時，必定會要求家屬提供X光片檔案（愈近期愈好）。X光已成為鑑定碎屍、骸骨化及腐爛中屍骸身份的必然工具。骨頭上的傷痕及異常特徵或許可以協助法醫人類學家收窄比較範圍，但以X光比較的話，除了骨頭的外表特徵外，一些病理的情況及異常都必須注意。

說回這次緊急申請中挖出來的骸骨，其雙腿上的植入物，一般來說是非常好的另類身份辨認辨法。骨頭上的關節植入物（surgical implant）通常附有製造商、序號等資料，只要聯繫製造商或代理，就能找到進一步資料，例如是哪家醫院或診所購入了這一批貨。幸運的話，透過植入物可以直接找到屍骸的身份；即使沒法找到身份，至少可以收窄範圍。由於這次是已經知道骸骨身份的挖掘工作，因此只需要把資料與醫療紀錄做比對便可。如果是用於一般的鑑證程序上，則可能需要由追查植入物製造商等步驟入手。

辨認身份的重要目的是要令一具無名氏屍體與一個現有的身份以科學的方法連結起來，當中會以每個人的獨特性為基礎，因此很依賴生前資訊（antemortem information）與死後資訊（post-mortem information）的比較。收集生前資訊依靠的是調查人員的努力、醫療機構提供資料，甚至家人的幫忙。收集亡者的資料後，法醫人類學家會尋找生前死後相同相異之處，以決定身份到底是否屬於該副骸骨。當然有些情況並不會完全一樣，法醫人類學家必須知道哪個情況用哪些方法會比較可取。例如，生前資料可以是沒有任何東西植入關節，但骸骨上有（可以是先有這份X光片才有植入物的手術）；卻不能生前有植入關節，但骸骨上沒有。如果後者發生的話，幾乎會立即排除兩者配對準確的可能性。

或許，現在你會開始感到疑惑：「法醫人類學好像不是一刀切，所有鑑證都模稜兩可似的。」沒錯，因為所有的判斷及鑑證都必須考慮到這名死者與周邊環境（生活方式及地理環境）、年紀等因素中間的脈絡關係。

◎虐兒、殺兒個案的傷痕模式

以虐兒做個例子吧，虐兒甚至是殺兒會對軟組織及骨頭造成影響。這類事件發生時，很多情況是案發時照顧兒童的監護人因為缺乏人證，而多半指傷勢為意外。亦由於缺乏人證，調查人員首先必須斷定傷勢到底是意外還是蓄意。法醫人類學家如果有機會出動，又「幸運地」可以獲得骸骨、嚴重腐化屍體去起骨的話，我們可以藉著專業知識去分辨一些已經癒合的傷勢。這些傷勢有機會是X光捕捉不到的，特別是妥善痊癒的骨折或是骨瘀（ossified subperiosteal hematoma, or bone bruise）。

從X光的統計來看，通常受虐的兒童都牽涉到四肢、頭顱及胸腔（rib cage）的傷痕。幾乎可以說，斷定為虐兒的指標必然是不同程度的癒合痕跡。有研究顯示三歲以下的虐兒個案，超過百分之九十都找到肋骨骨折的情況。法醫人類學教授Prof. Alison Galloway與其團隊指出，虐兒的傷痕模式會隨著兒童年紀增長有所改變，幼兒多有下半身骨折，年紀愈大的兒童身上，則有較高機會找到頭顱及肋骨受創這個組合。

雖然不同的研究都指出虐兒會有一些骨頭上的傷痕特徵，但這個並不是一個「非黑即白」的判斷過程。一些學者指出在判斷時，不能單以書本上的說法去處理，特別是兒童骨頭生長時會出現異同。有時候純粹是兒童成長及發展時的骨骼增生，卻誤以為是骨折。同樣的，兒童身上的多處骨折可以是因為病理造成，例如血小板缺乏症或維他命C缺乏症造成類似骨瘀傷的徵象。若沒有從家屬中取得這些資訊，又沒有考慮這些情況的可能性，父母甚至監護人就很有可能被誤判為虐兒。

因此，分析時必須緊記生理、社會及環境都是必須考慮的因素。換句話說，當有類似的事件發生時，調查人員套取資料的能力是當中關鍵，他們能夠從家屬那裡獲取多少資料，將為法醫人類學家提供最龐大的後盾。

忙著忙著，已經差不多十點了，總顧問再次跟兩名彪形大漢走過來。「雙腳都有髖關節植入物啊！」總顧問一看到閃閃發亮的植入物就忍不住說了出口，「你們都已經清理好這位先生了嗎？」

「差不多了，」我回答道，「只欠把他的衣物疊好放到另一個膠袋，完成標籤工作就大功告成。」「很好！」總顧問滿意地邊笑邊答道，「有為植入物拍照嗎？」「有的！」我回答道。

總顧問向我的小隊發問：「有沒有人知道我們為甚麼要拍那照片？」Am 問道：「用來核實身份嗎？」「對的！」總顧問回答道。

「他不就是從那個墳墓挖出來嗎？還會有錯嗎？」Am 繼續問。「反正有序號，看到那名男子的腳上也有醫院的住院帶，肯定被解剖過，我們的檔案室有他的資料及醫療紀錄，那就查看一下，如果對的，我們就安心。這種搞錯墳墓、埋葬錯先人的案例一宗也嫌多！」總顧問解釋道。

對生者負責的同時，亦要向死者負責，大概就是這個意思吧！

第五章 斷骨解密

筆者於塞浦路斯工作時，除了要參與挖掘、進行研究外，更會擔當助理顧問的角色。我們花上兩星期教授人骨學及法醫人類學「雞精班」給來工作的學生。其中講解關於創傷及病理分析的部分時，學生最為雀躍，因為他們覺得這個分支能像解碼一樣，單憑骨頭就能看透死者生前的背景資料及經歷。

「雞精班」的考試分為兩部分：口述報告及案件處理。前者以小組形式，給學生幾天時間挑選他們想研究的骸骨，盡他們所能解開骨頭的故事，包括：性別、年齡、生前病理等。後者為於限時三小時內，處理一副全新的骸骨。這次除了像前者一樣要推算性別、年齡、生前病理外，連同身高等資料全都要記錄在一份正式的法醫人類學表格上。考試時，他們都很緊張，不停皺眉頭，壓力很大。（其實我很明白，我之前考試都只有兩個小時，而我們的表格有超過二十五頁，他們這次比我幸運，只有十頁左右。）要這樣考試，是因為法醫人類學家經常在高壓力環境下工作，我們必須確保能夠在這樣的條件下利用科學去作出準確判斷。

這天我負責監督的兩組處理了兩副非常類似的骸骨。回想學生從起初一頭霧水的狀態，到今天能把研究結果娓娓道來，聽著都令我覺得十分感動。我急不及待要聽 Melonie

及 Christine 準備的成果。

◎創傷痕跡分析

創傷痕跡分析在人道工作及法醫學上都是非常重要的一環。跟軟組織上的創傷不一樣，法醫人類學家只能從創傷或兇器留於骨頭上的痕跡作仔細分析。從人道主義來看，這類型的研究雖然未必能為災難性或大屠殺事件中的死者尋找身份，卻有收集戰犯罪證，為被欺壓的群體發聲的作用。而創傷發生的時序尤其重要，例如：哪些是致命傷？有否多次被蓄意打傷？

創傷痕跡分析現在一般都是按著 Scientific Working Group for Forensic Anthropology（SWGANTH）的指引來分析及下定義。SWGANTH 指出，在研究及分析創傷痕跡時，必須注意及觀察創傷造成的時間次序（timing of injury），即是生前創傷、死時創傷（perimortem trauma）、死後創傷（postmortem trauma）？另外還要留意創傷的種類，意即在進行口述報告時，學生必須能夠指出骸骨上：

一、哪些是生前創傷？

- 有沒有經過手術或者醫療處理？有沒有曾經受感染？
- 這些創傷有沒有間接影響了骸骨主人痊癒後的生活？
- 骨頭有沒有完全痊癒？

二、哪些是死時創傷？

- 有沒有防禦性創傷（defensive wound）？哪個才是致命傷（fatal injury）？
- 那是由甚麼類型的兇器造成，即銳器創傷（sharp force trauma）、鈍器創傷（blunt force trauma）、穿透性創傷（penetrating trauma），抑或高速創傷（high-projectile trauma）？
- 這創傷有沒有證據顯示是人為／蓄意的？還是意外事件？

三、哪些是死後創傷？

這種口頭報告的做法其實跟大家在電視劇看到的差不多，就是那種警察會突然衝進解剖室，問法醫官有何發現的情境。在聽學生匯報時，我通常都按捺不住，不停留心觀察骨頭上的痕跡，在心裡做起分析來。

「右邊有一個模式（pattern）的肋骨骨折已經完全痊癒。」我暗想。「左右手臂上接近肩膀末端的部分有關節炎痕跡，其中右手較為嚴重……另外，右手上臂曾經有骨折，但已痊癒。」「大腿骨看上去……」我偷偷拿起了骨頭的左邊大腿骨，「嗯，很輕。兩邊腿部也有已痊癒的骨折。」

「右手手腕部分曾經骨折，是 Colles' fracture，亦已痊癒。」在我覺得應該判斷無誤時，「咦？那個在骶骨上的難道是……」我當下很想把它拿起來仔細研究，但由於這一切本應是偷偷進行的，我只好死盯著那個點不放，直到允許「干涉」時就可以秒速把它拿到手上（有點像看賽馬等閘門打開的感覺）。我知道必須把那個部分解決，才能算是有一個受傷時間表的概念。

◎生前創傷的重要提示——骨痂

要重組骸骨上受傷的時間表，必須先了解如何將創傷痕跡分類。學者 Sauer 指出生前創傷被定義為任何創傷發生於死前。一般的骨折等創傷，需要至少數年時間完全康復及重回受創前的強韌度（bone strength）。部分患者痊癒後不會留下任何痕跡，包括沒有額外增生的骨頭（bone growth）、沒有留下半癒合狀態的裂痕（fracture line）。因此，法醫人類學家只能有限制地用肉眼觀察遺留在骨頭上的痕跡，而進一步的就必須依靠X光去理解了。骨頭的癒合速度，視乎傷者受傷的身體部位、健康情況（是否長期病患？有否足夠營養？）、年齡及受傷的環境而定。

簡單來說，在一個活人體內，癒合作用幾乎是從受傷的下一刻開始。因為受傷，血液會立刻增加流量到受傷位置。由於皮質骨（cortical bone）[註一]與骨髓相比，本來就比較少血管，也比較少血液會流到那裡，因此相對容易有骨頭壞死的情況發生（盆骨壞死或髖關節壞死都是常聽到皮質骨壞死的例子，常見個案如老人家跌倒或踩單車出意外受傷，都有機會導致這個情況）。一般情況下，當血液流到骨頭受傷的地方，骨頭就會進入血腫階段（hematoma stage）。之後，隨著免疫細胞趕到，血腫就會被推開，繼而成骨細胞（osteoblast）會開始工作，協助骨痂（callus formation）的形成，把斷骨位置連合起來。

若因骨節而打了石膏的話，醫生稍後會按康復進度把石膏拆掉。不過接下來的幾年才是能否完全痊癒及恢復正常活動能力的關鍵。因為骨痂結構比較柔軟，需要數以年計的時間去慢慢重建（remodeling），以達到受傷前的骨頭韌度。這個過程如果固定得好，聽從醫生指示，患者的骨頭能夠在沒有留下任何痕跡的情況下完全癒合。

沒有去找醫生處理或沒有按照醫生吩咐的話，骨頭癒合的結果就不太「靚仔」了——骨頭有機會因癒合的位置不準確而縮短，亦有機會因為骨痂的位置不完全正確而減低受傷關節痊癒後的活動能力。有朋友曾經問我，為甚麼兩隻手的手肘收起來時，沒受過傷的手能碰到肩膀，而曾經骨折的那隻手則不能，這就是因為受傷後沒有把骨折的部分好好固定令骨頭癒合，骨痂在關節附近形成，日子久了就變強硬，成為關節的活動障礙。要骨痂成熟到像骨頭般，其過程一般要六至九年，視乎受傷位置或其他因素而有所調整。而癒合進度可以電腦掃描等醫學用影像去分辨。

骨痂是生前創傷的重要提示，不過，它不是告訴你傷口來源的好幫手。原因是骨

註

一、皮質骨為體內兩種骨組織之一，另外一種為鬆質骨（trabecular bone）。皮質骨因為密度較高，比鬆質骨較為緊密及硬，因此能夠支撐身體、保護器官。

痂建築於創傷位置，有機會遮蓋了這個創傷痕跡，因而令人錯誤地分析創傷的成因。骨痂的組成因應受傷部位及創傷的嚴重性而不同，簡單來說，如果造成的碎骨比較多或者曾經脫臼，骨痂會相對地多（可以想像成一個陶瓷打碎了，愈多碎片就要用愈多膠水，骨痂就好比把碎片黏合起來的膠水）。在癒合過程中，骨痂有機會與周邊的軟骨等融合（mineralized）在一起，亦有機會不與任何軟骨或骨頭融合，自行癒合而形成一個假關節（pseudoarthrosis/false joint）。

◎死後創傷及死時創傷

死後創傷通常都是來自外界壓力加諸於已經喪失了彈性及韌性的乾骨頭（dry bone）上。按照 SWGANTH 區分，這屬於殯葬創傷（taphonomic fracture）。這類型的創傷可以基於溫度的改變、有動物來獵食，甚至是周邊植物因為要生長而施壓，例如：大樹的根，甚至簡單如土葬蓋於屍體上的泥土等。要評估是否死後創傷，專家必須從骨折的角度、骨折折口邊緣的痕跡等來判斷（有關死後創傷會在第六章詳細討論）。

至於死時創傷的定義卻有商榷餘地。學者 Sauer 指出這些創傷為傷痕痕跡，約於死亡時間（around the time of death）造成。但是，這些創傷亦有可能是由死後創傷假裝而成。兩者其中最大的分別是骨頭裡的水分。因此，不同學者於各研究指出與其使用這不準確的字眼，詳細形容及描述傷痕的狀態比較可取。

◎直接創傷和間接創傷

法醫人類學家在分析創傷痕跡時的另外一個重要任務是檢查創傷的類型（mechanism of injury），因為它很多時候都能提供可靠情報說明是甚麼原因，甚至是哪種外力造成創傷。簡單來說，當外力施予骨頭上時，外力會打在有機及無機部分。而一般人死後，骨頭裡的有機部分會開始分解，就如其他的軟組織一樣。因為喪失了有機物質（大家熟悉的骨膠原就是其中一種重要物質），骨頭喪失了原有的彈性（elasticity），並隨著時間變得愈來愈脆（brittleness）。另外，由於骸骨主人已死去一段時間，於死時造成的創傷傷口或骨折都會因為骨頭喪失彈性而變得較尖。

一般的創傷類型可以分為直接創傷（direct trauma）及間接創傷（indirect trauma）兩類。直接創傷一般是由於外力打在一個幾乎靜止的物件上，因此只有那些直接由該次撞擊意外造成的才算數，例如：被小刀刺傷的傷口。反之，間接創傷可以是因為一次撞擊而間接造成的傷痕，例如：因為子彈穿過頭骨的衝擊力太大，會在子彈孔周邊造成像蜘蛛網的裂痕（radiating fracture），其形成是因為子彈的衝力太大，必須找渠道卸力，因而造成了間接創傷的裂痕。

直接創傷可以細分為三種：鈍器創傷、鋭器創傷及高撞擊創傷。接下來的篇幅以鈍器創傷為主，這是由於在以上各種創傷類型中，要探討創傷動機的話（無論是蓄意還是意外），鈍器創傷的範圍最廣。

我曾在《屍骨的餘音》中提到，鈍器創傷是任何創傷痕跡利用平坦（flat）、闊（broad）及鈍（blunt）的工具造成，兇器可以是日常煮食用的平底鑊，或者是拳打腳踢都可以造成鈍器創傷。研究指出，雖然鈍器創傷是因為直接撞擊造成，但是傷痕的大小視乎骨頭的健康狀況、行兇力度的大小及傷者的年齡等而不同。鈍器創傷的傷痕特性也取決於兇器的大小、受傷的骨頭是哪一根（不同位置受傷的狀態不一樣）、傷者年齡這些條件。

檢查傷痕的位置可以為調查人員提供有關於受傷事件的一些情報，甚至兇器資料。例如小刀這類小型兇器，其短而輕巧的特性能夠讓分析人員從傷口看出行兇者是右撇子還是左撇子。傷口的形狀亦可以告訴分析人員行兇者的行兇角度，繼而推算出行兇者體形等方面的資料。若使用一些較大型及重的兇器，行兇者一般需要雙手操作，也意味著行兇者極有可能是比較強壯，同時受襲者骨頭的受傷情況也比較嚴重。值得留意的是，一個創傷可以由銳器及鈍器創傷自由組合而成，學者 Klepinger 舉例：一個人能在高處跌下（即鈍器創傷）中途被尖銳物件所刺傷（即銳器創傷）。

◎從受傷位置推論行兇動機

任何傷口，就算是意外造成，其位置都不是隨機的，它們都是受力點。像我之前提到，在所有的創傷類型中，鈍器創傷覆蓋範圍是最廣的，它們可以是來自他殺、死於自然災害、墮下、撞傷，甚至受到不人道虐待等。在法醫人類學領域的研究中發現，不同的受傷位置都提示著死者受傷的方式，因此從受傷的部分可以推論到行兇動機是蓄意、惡意，還是意外。這種分析的方法，其實並不是現代科學研究才開始呢！

早於南宋時期，宋慈編寫的《洗冤集錄》已經寫到跟後來西方研究相若的推論。引述白話文的譯本，宋慈提到只要傷痕位於臉部、胸腔或胸部、肚部及盆骨位置，都可以標示為致命傷，而任何傷痕位於四肢則多半不致命。著名法醫人類學家 Prof. Alison Galloway 亦認同宋慈的論證，認為這是因為兇徒在下手時都想隱瞞受害者身份，繼而集中攻擊臉部及頭部，而四肢的部分通常都是來自墮下或跌倒的情況，特別是手腕及腳腕。

由鈍器造成的頭部骨折（cranial fracture），可以是因為外力把頭骨的最外層往內推，因而造成了凹陷性骨折（depression fracture）。有些時候由於力度太大的關係，兇器的印記也會留於骨頭上。跟之前提過中子彈的情況類似，如果太大力，撞擊會造成如蜘蛛網般的裂痕，延伸至頭骨上的縫才停下來。由於頭骨上的縫隨著年齡增長才慢慢縫合（一直到至少

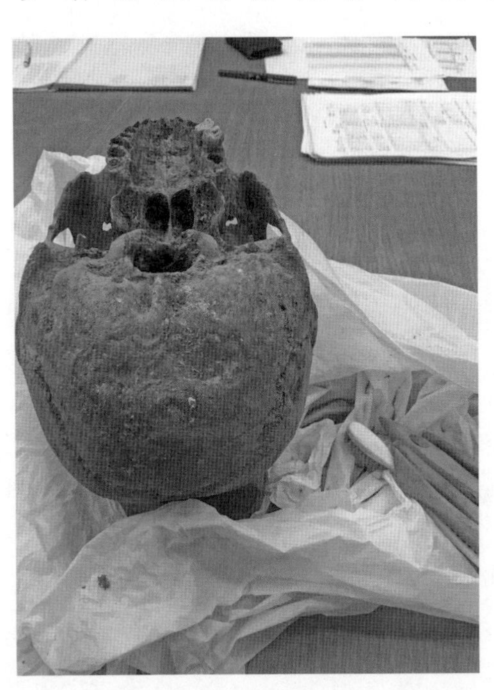

四十至五十歲或以上才會完全縫合，看不到任何痕跡），在年輕的頭顱上，這些縫的空隙就成了卸力的好幫手，所以這類如蜘蛛網的裂痕有時候不會在他們的頭骨上找到。

臉部上的創傷一般都被認為是死時創傷，尤其是那些在鼻腔、鼻子及上顎附近的所有創傷。就著這個說法，學者們以三種不同的上頜骨骨折（Le Fort fractures）形容三個不同臉部受傷的層次：

一．Le Fort I：低位骨折，硬顎（palate）與頜骨（maxillary）分離。

二．Le Fort II：中位骨折，骨折橫過鼻樑向兩側沿眶內下到眶底，再通過顴骨下方，檢查可見鼻及眶下緣變形。

三．Le Fort III：高位骨折。骨折線經過鼻樑，向後經眶部，整塊臉跟顱骨分離。

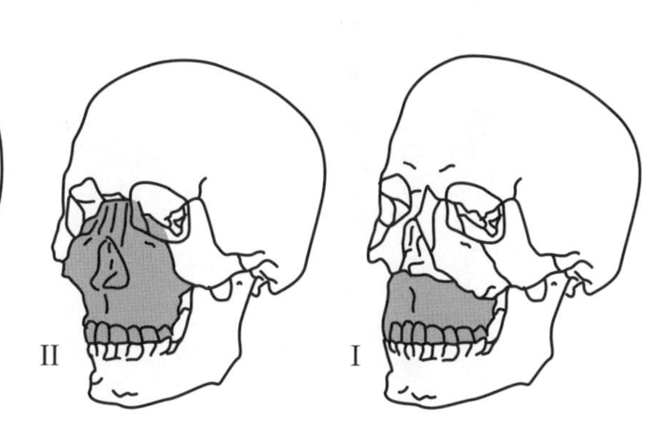

有美國學者曾指出，這類型的臉部創傷通常來自不同的意外及運動。另外，學者們和外國急診科醫生都分別發表過學術文章，指臉部及頭部創傷亦常見於家暴事件，或配偶暴力事件（intimate partner violence，簡稱 IPV）。他們都寫道：任何頭、臉、頸（head, face and neck injuries，簡稱 HFN injuries）都是家暴的頭號警號，繼而就是胸腔及腹部。

◎學生做的首次完整骸骨分析

回到學生進行中的考試，「……創傷痕跡分析方面，」學生終於講到這個部分，距離我能拿起研究骶骨的時間又近一步。

「先是肋骨的右邊從第三節開始有已痊癒的骨折痕跡，骨折的位置是斜的，從靠手的那一邊到身體中間位置。」我微微點頭，「另外右手的上臂及手腕部分都有已痊癒的骨折，暫時不能確定是否由同一事件造成。不過，兩者的骨痂及癒合情況都符合超過六至九年的類別。」補充的這一句，完全到位！「除此之外，骸骨的腿部也有已經癒合的骨折，骨折的癒合情況跟手臂及手腕的一樣，不排除是同一事件中受傷。」

「這是死前創傷的部分。」她深呼吸後，「我們在骶骨上找到了另外一個傷痕，這傷痕沒有任何癒合徵象，因此我們推斷這是死時創傷。另外，左邊的盆骨也出現骨裂情況，亦是沒有任何癒合徵象，因此我們把它歸納為死時創傷。」

「你覺得案發過程是如何的呢？」主教授問道。學生們交換眼神後嘗試推斷，「我們覺得肋骨的癒合骨折模樣很像一條斜的帶子，因此我們推斷是由安全帶造成的。」她們吸了口氣，接著說：「另外，我們看到兩邊手臂有肌肉的位置（muscle attachment site）都是比較發達的，可能因為某些原因要長期用手部作支撐；再看看腿部的骨折，很有可能腿部骨折與額外發達的手臂肌肉痕跡源自同一事件及時間。」主教授和我邊點頭邊專心聽著，「因此，我們推斷關節炎是因為該次受傷引起，然後造成勞損。」說到這裡，她們就停下來，望一望「聽眾」，示意匯報完畢。

主教授追問道：「請問你們有注意到骨頭粗糙的質感嗎？例如大腿骨上的，你們認為是病理還是其他原因所致？」

其中一位學生回答說：「那粗糙質感是死後骸骨被儲藏的環境影響造成的。雖然大腿骨的重量感覺比正常的大腿骨輕，但與死後骸骨儲藏的環境絕對沒有關係。」

「那，」我忍不住發問，「從盆骨位置的死時創傷，你能大概知道是甚麼回事嗎？」她們靜了下來，我於是補充一下問題，希望可以引導她們思考，「或許我應該這樣問才對：你覺得這個傷勢跟你們之前推斷的死時年齡、骨的重量很輕——即骨質疏鬆，有任何關係嗎？」

年紀老邁、患有骨質疏鬆，兩者之間是有關聯的。以老人家來說，與跌倒有關的骨折或受傷最為常見，這是由於骨質密度低及骨頭比較脆弱。以外國一研究為參考，跌倒成為六十四歲或以上長者受傷排行榜之首，亦發現能跌到骨折的高度不高於四呎。換句話說，這等於在路上走路時跌倒在街上的情形。這種跌傷令不少老人家造成手腕骨折——基於反射作用，人會自動在跌倒時以雙手撐著地面，可是因為他們的骨頭脆弱，最終因不能承受跌倒的力而骨折。

值得注意的是，同類型的骨折如果在年輕的成年人身上發生，多半是因為高速造成的撞擊意外，如交通意外等。不過，不要以為骨質疏鬆與年齡的關係是必然的，其中一個影響因素是骸骨主人生前的營養吸收。如果是營養不良的話，有機會在飲食中未能攝取足夠鈣質，繼而使骨頭不健康。另外也有研究指出，城市及近郊的族群即使攝取相類似的營養，但近郊族群的骨質密度較高，推測是因為他們有透過運動及日常生活方式而令骨頭比較強壯。由於沒有做比對研究，因此暫時也不能下結論。但這些例子再一次證明在分析創傷時，考慮骨頭主人的年齡等資料是非常重要的。

又回到學生考試的部分，其中一名學生嘗試解答我提出的問題：「由於這名女子年紀老邁，加上有骨質疏鬆的症狀，骨頭的韌性低且比較脆，容易跌斷，因此就算撞擊力或跌倒的情況不異常，也有機會造成骨折。」我點頭表示認同，她繼續說，「由於她受傷的是骶骨側面，因此有理由相信，她當時是坐著的，並以骨折的那個位置為著力點。」

「從她早前受傷的情況來看，她應該是車禍造成腿部骨折、一邊上臂骨折，以及被繫著的安全帶造成肋骨有輕微骨折。因此車禍後有一段時間要以輪椅代步。有理由相信，這個死時創傷跟從輪椅或椅子上跌倒有莫大關係。」

我報以滿意的微笑，結束了她們的考試。隨後聽了另外幾組的口述報告，有兩組同學做的口述報告，不禁令我緊皺眉頭。其中一組說，因為於舌骨（hyoid）找到癒合的骨折痕跡，就說死者曾經被勒頸。沒錯，我們的工作有一大部分是按照屍體情況及科學，作出一些邏輯性及有理據的推測。從這副骸骨來看，頭顱有半癒合的鋭器創傷痕跡，而癒合情況都指出傷口是至少六至九年或更久前造成的，另外頭骨左邊後腦部分有凹痕，也指出凹陷性創傷。根據法醫學文獻，於頭、頸及臉部的創傷痕跡很大機會是由於人與人之間的暴力衝突造成的傷痕（interpersonal violence），但不一定是窒息所致。所以，說詞應改為「懷疑死者生前曾有過暴力衝突」（possible interpersonal violence）。

另外一組的一名同學則說骸骨上的顳顎關節（temporomandibular joint）有「蓄意」（intentional）移位（dislocation）的痕跡。我聽得滿頭問號，不禁思考，到底誰會蓄意令到自己受這種「甩臼」之苦？在我提問前，我們的兩位教授已經相繼追問。同學解釋道，她的原意是想表達出這不單純是意外事件（accidental）。追問她從哪裡得知時，她卻答不上話，她只說是從所有骨折及創傷痕跡上推斷的。但問到受傷背後的原因，卻說骸骨暫時沒有顯示。那麼，這名同學應該在總結時直接說「傷痕很大機會並不是意外造成」，避免使用「蓄意」這麼肯定一詞。但在我看來，那副骸骨上的種種痕跡，看上去都是意外事件而不是「蓄意」造成的創傷。

小休的時候，我走上前跟 Melonie 及 Christine 閒聊幾句，她們的心情很興奮，卻被迫壓低聲音跟我說：「我們完成了首副骨頭的完整分析，很開心啊！」我笑著說：「你們做得很棒！沒有過分分析，恰到好處！」

法醫人類學家 Prof. Alison Galloway 曾寫道，「必須避免證據以外的推測。」（Conjecture beyond the physical evidence must be avoided.）我們呈交的報告，每一句話都很關鍵，因此選詞必須謹慎。雖然我們是屍骨代言人，但都必須以精準科學為先。

"Do not say, 'I am too young to be taken', for you do not know your death. When death comes, he steals the infant who is in his mother's arms, just like him who reached old age."

「不要說『我太年輕被奪去生命』，因為你不認識你的死神。當死神到來，他偷去了在母親懷裡的嬰兒，猶如他已經年紀老邁。」

Instruction of Any, c.1350 BC

"Our dead are never dead to us, until we have forgotten them."
「死者從未真正死去，直到你我將他們遺忘。」

George Eliot, *Adam Bede*
喬治・艾略特《亞當・畢德》

第六章

死後的命運

於塞浦路斯的夏天進行挖掘絕對不是一件容易的事！幾乎所有只要有陽光觸及的身體部位，皮膚都會被曬黑及曬傷。今年其中一個我負責監督的墳墓對我們來説真的走運，因它是唯一位於大樹下不受太陽干擾的墓地（因此每一組挖掘小隊過來參觀進度時都不捨得離開）。雖然墓地風涼水冷，但墓地使用者的家人看來不太滿意，因此透過教會要求我們協助把先人的骸骨取出。

由於這是一個很工整的墓地，因此整個開挖過程都相對簡單輕鬆。當小組一直挖到約一百零九厘米深時，找到了棺木。正當大家雀躍之際，我們發現棺木的其中一邊剛好位於墓地邊緣。換句

正在挖掘附有紅繩及 eye cap 的骸骨。

話說，棺木沒有放在墓地正中間，而是偏右擺放。這不一定有特別用意（可以是機器把棺木吊下去時歪了一點），卻令到要工作的我們找不到支撐點，出現腳不知道放到哪兒好的情況（其實挖掘時經常會出現這樣的情況，每當我不知道要把雙腳放到哪裡時，常大喊有想截肢的衝動，然而我的隊友都會揶揄我說：「之後你會想要回來的，相信我，哈哈哈！」）。

◎死得眼閉的小法寶

棺木的頂部有一塊玻璃（就像一個小玻璃窗般），棺木的面板不見了，不過玻璃則很完整的保留在原位。隨後，亦發現棺木的殘骸，可以看得出哪些是真木，哪些是假的。假的是由塑膠合成，因而都依然存在。真木在腐化過程中只剩下殘餘部分，把它們拿開後，就看到了骸骨。骸骨被外衣包裹著，剪開後發現裹屍布（shroud）。以圖文記錄了裹屍布的形體與屍體的伴存關係之後，我們就開始溫柔地用不同大小的畫掃將骨頭上的泥沙等輕輕掃走，把已經骸骨化的骨頭逐步呈現出來，先是頭部（臉及頭頂的部分），繼而是盆骨及低腰的位置。盆骨位置裹著尿片，為了方便之後做分析，必須把尿片剪開，令我們可清楚看見盆骨的形狀及特徵，以推斷年齡及性別。盆骨屬於圓及寬，因此推斷為女性。

把裹屍布剪開及移走後，清楚看到兩邊眼球的位置上有兩個很像隱形眼鏡的透明物件，面積剛好覆蓋眼睛。小隊中負責頭部的 George 問我那是甚麼東西。同一時間，他亦看到嘴部下顎部分有一條紅繩。他這樣一問就吸引了小隊所有在忙的成員的注意，紛紛走過來「八卦」一下。我笑一笑，看著小隊中曾經在殯儀行業擔任過禮儀師的 Jenny 説：「Jenny，你來回答吧！」

「這個像隱形眼鏡的東西叫 eye cap，是用來令死者可以合上眼睛的。」Jenny 氣定神閒的説。

「為甚麼需要這個？」George 問道。

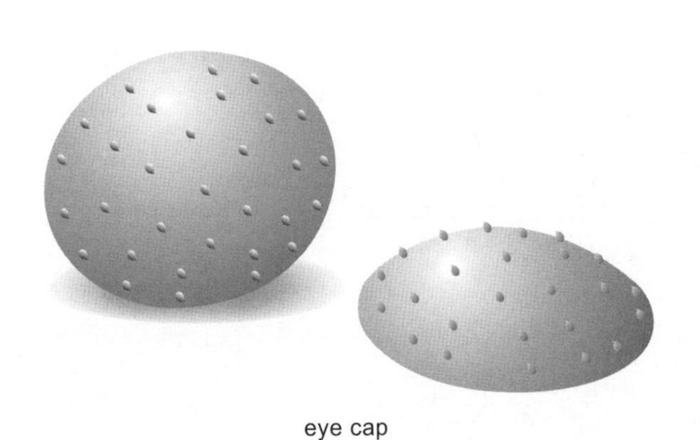

eye cap

「因為不想在喪禮上讓家屬看到死者的眼睛睜開，太恐怖了！」Jenny 回答道。我隨後補充了一句，「這是其中一個原因。另外是因為人死後，身體的肌肉會放鬆，因此眼皮及下顎都會張開。如果你仔細點看 eye cap，會發現上面有一個個小勾，它們用來勾住眼簾，令死者好像睡著了一樣。至於下顎及嘴巴方面，也有類似的裝置，而紅繩是其中一個傳統做法。」

Jenny 接著說，「另外，如果死者的臉頰兩邊凹陷的話，我們有時候會把棉花球塞在死者的嘴裡，令他看起來豐滿一些。」Jenny 語畢，我跟她都看到小隊中其他人呆了兩秒才反應過來。George 問了一句：「到底你們防腐師及禮儀師有甚麼做不到的？」

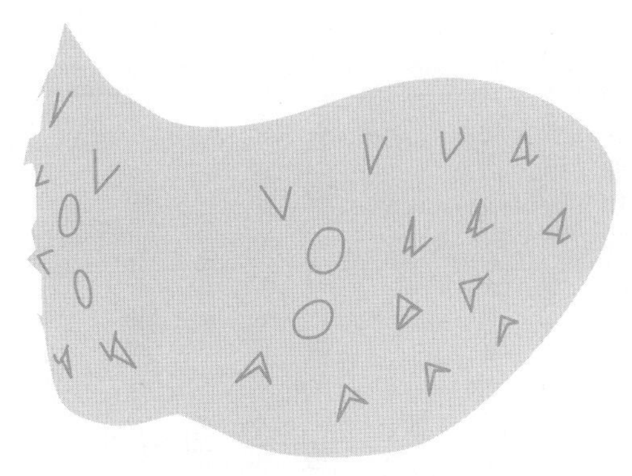

功能如 eye cap，但用於下顎及嘴巴部位。

「幾乎沒有！絕大部分家屬均希望先人以『睡著了』的姿態於喪禮中呈現，不論死因為何，我們都會以回復先人模樣為工作目標，可以說是沒有甚麼難倒我們的。」Jenny說。

◎屍體防腐程序

現代的防腐程序大致如下：屍體清潔後會被放到解剖枱上，為死者選擇好姿勢[註一]後，就取出幾個瓶瓶罐罐——盛著甲醛（formaldehyde）、甲醇（methanol）及其他幾種物質，目的是希望能暫時以這些化學物質為死者體內的細胞蛋白提供連結渠道，不被大自然定律所分解。同時，這些液體能夠殺死細菌及防止它們分解蛋白質，阻止細菌以蛋白質作為營養來源。別以為這個方法只在現代出現啊！

在古埃及這個視製作木乃伊為工業的古代文明社會中，他們對保存屍體一直深有研究。當時的防腐師會先以棕櫚酒（palm wine）及尼羅河的河水把屍體清洗乾淨，然後從身軀坐下的位置（即盆骨附近）開個切口，移除大部分的內臟，並用鹽醃製和包裹好。防腐師之後會用一個長勾從鼻孔把腦袋勾出，再用鹽覆蓋整個身體，風乾共四十天。在這個產業發展的初期，被移除的內臟會放到瓷罐內，到後來則直接用布包裹後放回屍體內。最後，他們會將屍體以幾層布包好，準備埋葬。在古埃及前期，古埃及人還沒有發展這個木乃伊產業的時候，他們會以布包裹屍體，然後直接埋葬到沙堆裡。沙漠的熱力制止了任何細菌的滋生，而昆蟲一般只會出現在離地面兩吋左右的深度，因此埋葬可有效遏止昆蟲接觸屍體，令屍體妥善保存。後來，為了令死者有更好的後世（afterlife），古埃及人陸續建造大大的墳墓，可惜的是，以為這樣可保存屍體，卻反而令到屍體腐化。因為墳墓沒有任何防腐設施，腐化程序仍然有機會出現。於是，他們就應用了沙漠埋葬的技巧及理論，發明了防腐屍體的技術，到最後更發展成為廣為後世知曉的產業。

◎埋葬學

了解屍體的處理手法及腐化階段之外，在法醫科的層面來說，了解屍體埋葬的地點及周邊的脈絡關係尤其重要，因為這些資訊可以為調查人員提供調查方向，例如：到底哪些是死時創傷？哪些是死後創傷？哪些是天然造成的痕跡？哪些是人為造成的痕

註

一、有些屍體死亡一段時間後，肌肉逐漸變得僵硬，稱為「屍僵」，防腐師必須以按摩的方式令到屍體肌肉變軟去改變先人手腳的擺放位置，一般稱之為「break the rigor mortis」。

跡？懂得分辨這些能夠令重組案情的準確度大大提高。仔細研究這個領域的稱為埋葬學（taphonomy）。

一般我們只著重於骸骨及屍體的改變，甚至只執著於有機物質於死後的變化，卻忽略了棄置或運送屍體的周邊環境對屍體或骸骨造成的間接影響，例如動物、地心引力、水源等都是必須考慮的因素。因此，在法醫人類學及法醫考古學中，埋葬學的運用及分析佔據著重要的一環。

人死後屍體開始腐化（腐化階段及過程，詳情請參閱第三章及《屍骨的餘音》第六章），除了會吸引不同的蟲蟲享用之外，後期更會吸引不同體形的野生動物來分一杯羹。學者Haynes於一九八二年用了一百二十五具豬的屍體做了一項研究，觀察到因為覓食及獵食而於屍體上留有不同牙齒印及咬食痕跡的動物分別有熊、斑鬣狗（hyena），甚至野生的貓科及犬科動物。其後相繼有學者指出，會來咬骨的動物並不限於肉食動物（carnivore），他們的研究指出鹿、駱駝、長頸鹿等的咬痕都可以在骨頭上找到。這些由動物造成的咬痕可以在骨頭上造成旋轉式骨折（spiral fracture），而這種骨折從法醫科的層面來看，大多是由他人造成的。

這些由動物造成的咬痕痕跡會令到骨頭碎裂，亦令我們分析骨頭時造成一定的障礙。一方面屍體曾被其他動物干擾，因而增加了分析屍體（即證物）的死亡方式[註二]的難度和準確性；另一方面，由咬痕及動物踐踏造成的旋轉式骨折裂痕有機會令到骨頭原本的疤痕變得難以看見及分析。所以在考察現場及重組現場時，必須要考慮當下的動物遺傳跡象（faunal activity），才能更準確地判斷骨頭上的細微變化。

◎風化現象對骨頭的影響

除了動物於骨頭造成的變化之外，由環境因素引致的風化現象也會對骨頭造成影響。可以影響骨頭的環境因素包括：泥土、太陽、地質化學變化（geochemical changes）、水源或河流演變等。學者 Behrensmeyer 透過其於肯亞的研究把風化過程分成六個階段：

階段〇：骨頭表面沒有任何裂痕或由風化造成的碎片。骨頭有機會還帶有油分，皮膚及肌肉等軟組織依然覆蓋著骨頭。

註

二、死亡方式可以是自然死亡、意外死亡、他殺、屠殺等。其中一些可以幫助斷定死亡方式的方法是了解某些創傷是否人為蓄意造成的。人為的傷口有時甚至可看到兇器的類型（例如：子彈孔、銳器插入等）。如動物的咬痕遮蓋了原本的骨折部分，必定會增添了分析的難度，阻礙了批判死亡的方式。

階段一：骨頭開始出現裂痕，通常都是順著骨頭的紋路走。軟組織有機會已經消失。

階段二：骨頭最外層開始出現碎片，並連同裂痕一起出現，質感開始產生變化。一般碎片會首先從骨頭邊緣剝落。薄而長的碎片一般都會於這個階段的初期被發現。小部分的軟骨、皮膚、韌帶有機會依然存在。

階段三：骨頭表面變得粗糙，顯得不再平滑。這個時候的骨頭被風化的深度約為一至一點五毫米。骨頭裂開的邊緣橫切面已經開始平滑，軟組織亦不再出現。

階段四：骨頭表面非常粗糙，大大小小的碎片出現並相繼在移動骨頭時剝落。風化已經滲透到骨頭裡。骨頭裂開的部分會相對圓滑及有碎片剝落。

階段五：骨頭在原位剝落，碎片相對地大及脆弱易碎。原本的骨頭形狀已經很難去判斷，裡面的鬆質骨（trabecular bone）已經暴露於空氣中，而外層較堅硬的部分有機會已經消失。

雖然這個研究是以考古的形式研究出來，看似跟法醫科沒有關係，卻可令研究人員了解到骨頭在風化環境中的變化過程。一般法醫接觸到的骨頭都是經歷了較短時間的，了解風化造成的變化可以協助他們排除一些骨頭上的裂痕或碎片等為死時創傷。此外，這些研究更可以協助重組死後環境及事件，分辨因為環境改變的證據，甚至決定死亡時間（即從死後到找到屍骸的一刻相距多久時間）。法醫人類學的埋葬學就是分析所有從人死後到屍體被發現中間所發生的事件。人死後的變化，當然沒有如動物在大自然中死去然後腐化那麼直接，除了風化、環境這些基本因素外，人類還牽涉到防腐、火化或其他種類的燃燒造成的變化，以及不同棺木和埋葬儀式之類的文化因素。

說回墳墓裡佩戴著帶刺隱形眼鏡的她，在移開了紙尿片後，小隊中的另一成員Emma在骸骨的手腕及腳腕位置找到了來自醫院的住院手帶。另外她亦在心臟附近的位置找到一塊膠貼，應該是生前用來連結監測心跳的儀器。這些都可證明死者曾經住院，並得到過醫護人員的照顧。

植物根部穿過骨頭繼續生長。

◎「聆聽」墳墓中的提示

在墓裡找到的任何東西，都可以是推斷身份的線索之一。例如科索沃戰爭地區的一些墓地，裡面的骸骨都是穿著多層衣物的，因為死者們知道自己會不停地搬遷而又不知道歷時多久。另外有一些墓地，你會發現它的形狀特別方正及有著標準深度，追查下來發現當時的軍人欺騙被殺者，聲稱要他們協助建造魚塘養魚，誰料，竟是名副其實的自掘墳墓！我亦曾經聽過一個傳聞，說如果找到一條繩子綁在骸骨腰間，可能是死者生前用來抵擋飢餓（跟我們俗語『勒緊褲頭』同一道理吧）。可見，墳墓中找到的每一樣物件、每一個特徵，都在向後世的人提供線索，因此我們必須嘗試解讀當中的訊息。就如陪同一起埋葬的人和珠寶，它們都表示著每個人的獨特性，並作為身份的提示。我們需要的，就是一個懂得「聆聽」這些提示的人，法醫人類學家正是學習「聆聽」這些提示的關鍵人物。

話說我們挖掘這名佩戴著有刺隱形眼鏡的先人的墳墓時，經常有本地人走過來好奇我們到底在做甚麼，甚至問我們：「為甚麼你們要這樣做？先人由他們的至親和最深愛的人以愛及尊嚴之名埋葬的！誰賦予你們這些權利去把他們挖掘出來？」我們未必能向旁人逐一講解我們的工作，但我們深切明白面前處理的並不只是一具屍體和一件普通的考古遺物，還包括墳墓裡每樣東西記載著的歷史和真相。我們非常清楚自己的定位，我們不只是研究員，也不只是要找證據的調查人員，我們真正的工作是要為亡者代言！我們不忍心看到他們被歷史甚至他人所遺忘。骸骨猶如一個時間囊，骸骨周邊的埋葬細節，連同殯儀手法就是時間囊上的時間設定，能協助法醫人類學家及研究人員穿越時空，為未言者發言。

骨頭是真實的。看著骨頭而湧上來的感受亦是踏實的，伴隨的是覺得要對先人的靈魂負上責任。因此，我們會想為先人裝身、防腐，令他們看上來至少比較安詳。不過如果有看過防腐後屍體樣子的你都知道，防腐後屍體看上去太完美、太安詳，這樣反而令人覺得有點不舒服，特別是其蠟像般的質感。現代的防腐文化最初是因為要從遠方運送屍體回死者家鄉才開始應用於普及層面。在香港或其他周邊地區，一般喪禮都在先人死後兩星期左右才舉行，大自然的腐化程序不等人，如果在喪禮上看到至親被屍蟲們分享，腐化的氣味撲鼻，相信也不是令人覺得安心的景象。大概就是這個原因，才會有殯儀及葬儀文化的誕生。

記得我在《屍骨的餘音》介紹過日本的傳統習俗嗎？日本的傳統做法是先人火化後，家屬以筷子傳筷子的方式，將先人從腳的骨頭開始夾，把先人的骨頭逐一夾到骨灰龕內。

這是日本人唯一會以兩對筷子同時夾著物件的情況，這個儀式稱為「Kotsuage」。與骨灰相比，日本人覺得骨頭比較實在。骨灰，對他們來說可以是代表忘記，甚至是一些不想去提起的事情。雖然撒灰的感覺比較乾淨俐落，但面對著嚴重的孩童自殺問題及一些自然災害遺留下來的狀況，縱然撒掉骨灰，也不能阻止平民思考死亡。回看以前的日本社會，日本人曾經也很害怕看到屍體，認為屍體是不乾淨及不純潔。時至今天，他們卻完全克服了這個想法及恐懼。他們不會視棺木裡的屍體為令人生畏的東西，而是把屍體看成「人」。日本人努力的把一些葬儀習俗與屍體融合起來，令家屬有足夠時間去「陪伴」先人走最後一段路。

那麼，現代社會把這一切自然腐化現象用幾個化學瓶瓶罐罐來抑制到底是好事還是壞事？這留待各位讀者自行思考及決定。不過可以肯定的是，死亡這回事在我們生活當中並不是一個熱門討論題目，而其中一個打破這個隔膜的方式，就是去了解各種可以處理先人遺體的方式，從而再作思考。

◎生與死的關係和演變

舉個例子，我們平常都會覺得拍攝先人遺體的照片是不尊重和不合乎規矩的行為，可是在十九世紀的維多利亞時代，竟曾出現這股熱潮！維多利亞時代的人對展示死人的模樣並沒有甚麼意見，要死者看上去很安詳或有生命力這個概念反而是現代人加諸到先人身上的想法。當時的人稱這類照片為「Mirrors with memories」（回憶鏡子）。這種照片的風氣源自死後的畫像，而第一張死後照片出現於一八四一年（攝影時間是一八三九年）。隨著攝影技術的發展，拍攝的速度比畫畫快很多，因而照片取代了畫像，死後照片也成為了喪禮或哀悼摯愛的其中一環。拍這種照片必須很小心，拍攝的地點為影樓或家中，死者會平躺在棺木中或牀上。維多利亞時代的人在拍攝死後照片的時候，不會刻意用支架撐起屍體，以求營造出一種活生生的感覺，他們只純粹地拍攝先人死後的模樣，作為一個真實的紀錄。

日本近年開設了名副其實的「大酒店」，家屬可以租用一個房間並購買一條龍的服務，包括葬禮儀式、火化和「Kotsuage」，甚至有手機軟件開發商發明了應用程式，利用類似AI的技術，令我們與先人可以於不同地方有互動及聊天。日本這兩個例子說明了無論用進階高科技與否，目的都是希望令死者與在生的人保持互動，不被遺忘。

另一個例子，在印尼一個偏遠地區，亡者的靈魂、軀體一直都跟其家人同在。對托拉查人（Toraja）而言，軀體的死亡並不如我們一向認知的，代表著終結、結束及分離。相反，他們認為死亡只是一個中轉站，是漫長的人生歷程中的其中一步而已。在他們而言，已故的親人正處於一個「發燒」狀態，因此他們會被留在家裡照顧數週、數月甚至數年的時間，直至集齊所有親友才舉行殯葬儀式。喪禮會盡量安排在能讓各地親友參加的日子舉行，這種空前盛況說明了對托拉查人來說，死後的地位高於在生的時候。

這個偏遠村落視死亡為生活重心，因為他們深信，先人不會這樣就死掉，他們認為人與人之間的聯繫在死後仍然可以維持一段長時間。死亡對他們來說，不是一刀切的關係，而是一個連結點。因此，他們確信先人入土後不會「失聯」。部分當地人更會每年定期把亡者從墓穴取出更衣及更換裹屍布呢！

現代人一直提倡醫學和藥物的發展和進步，以不同方法延長生命，卻恐懼死亡，甚至將死亡視為科技及醫學的失敗。與托拉查人的死亡習俗相比，現代人愈來愈倉促、簡短的殯葬儀式不單令埋葬學研究少了很多色彩，更不禁令人反省到死亡習俗到底是否應該更貼近人的生活呢？不論是托拉查人還是我們，為先人舉行殯葬儀式，就是渴望與先人保持聯繫，不論是軀體的接觸還是心靈上的聯繫。某程度上，我們對死亡的恐懼源於中國人的文化將死亡拒諸千里之外，卻忘了死亡是生命的一部分。

迪士尼經典動畫《獅子王》中，兒子 Simba 與爸爸 Mufasa 相聚的一個晚上，Simba 不讓爸爸死去，Mufasa 就向兒子解釋整個宇宙其實是一個循環、一個平衡，並說：「只要在你失意、寂寞的時候抬頭看看星空，就會看到化作星星的祖先們照顧著你，當中將會包括死後的我。」（Look at the stars. The great kings of the past look down on us from those stars... So whenever you feel alone, just remember that those kings will always be there to guide you. And so will I.）這個說法好比我去掃墓時，心中對拜祭的先人充滿不捨與掛念，眼看四周，會感到他們其實並沒有真正死去，因為他們仍然活在我們心中。

第七章 燃燒吧！

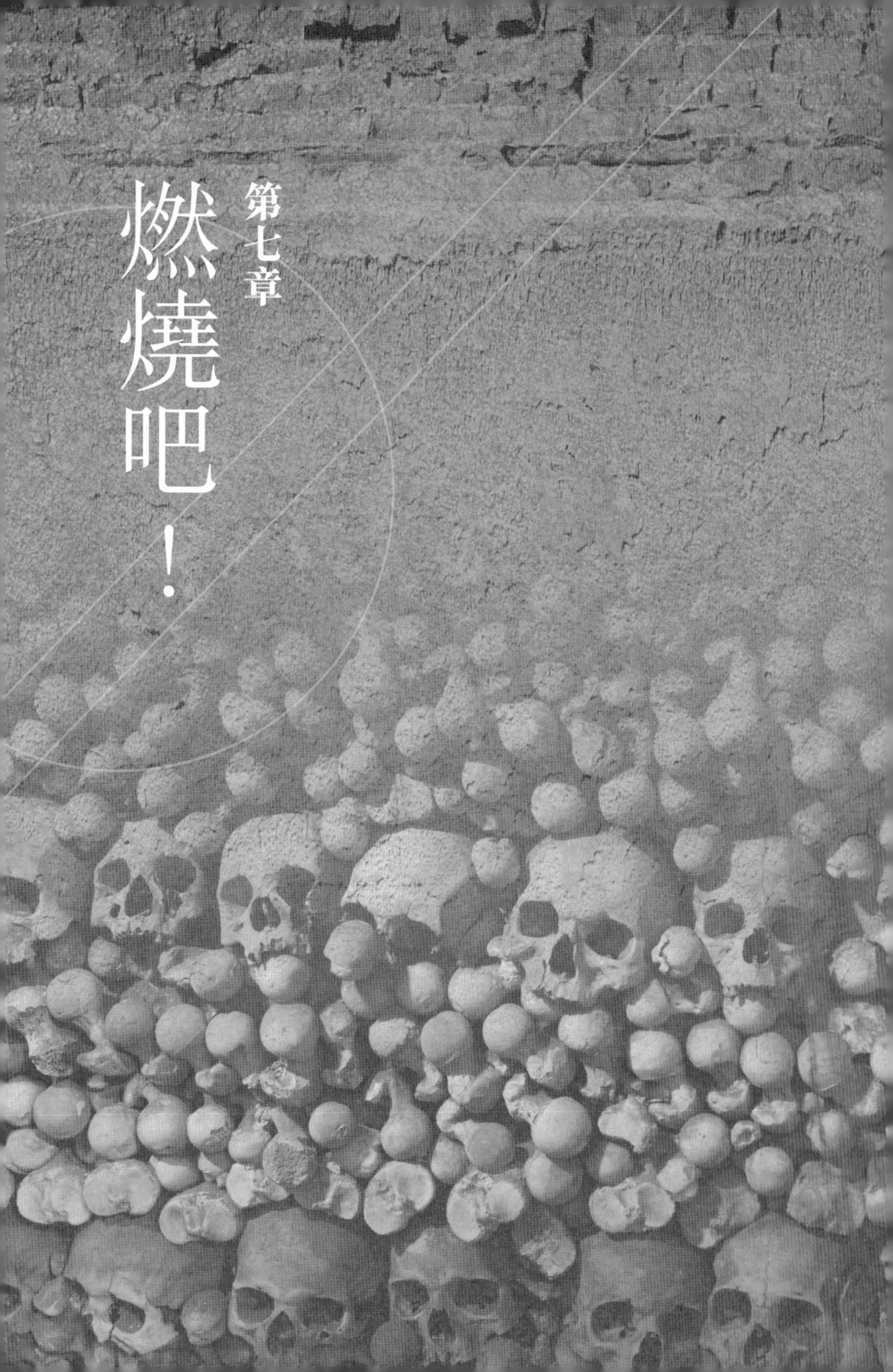

一年過去，我又回到波蘭華沙大學做研究。

某天我跟一位病理學家研究合作企劃，聊到考古骨灰龕這話題，這時恰巧實驗室裡就有一個等待被處理。我跟病理學家分別後，顧問教授 Elizabeth 把它抬出來。

「Winsome，」她邊放下這個龐大的骨灰龕邊看著我，「你有興趣嗎？」

如果大家有印象，《屍骨的餘音》中我經常提到 Elizabeth 是一個非常慷慨於分享知識的教授。她，幾乎是只要你有興趣，有心學習，就會樂於跟你分享。她的專長是處理被火燒的骸骨，特別是這種考古學才會看到的骨灰龕。

我心想：機會難得啊！然而，爽快地答應後就開始後悔了，原因是工作非常困難。困難不是在於處理上的難度，而是因為被火燒過的骨頭會因應骨頭的內在結構而產生不同的碎裂模式（fracture pattern），會縮短甚至變形。

教授開始慢慢跟我解釋程序及做法，邊聽邊學習時，看到骨灰龕裡骨頭的狀況與碎片，我就想起回來波蘭之前，有關香港鑽石山火葬場的一則新聞，報道說因為焚化爐失靈而懷疑發生「撈亂骨頭」的情況，我聽後的第一個反應是：「有無搞錯？」我跟 Elizabeth

簡單解釋了我所理解鑽石山火葬場事件的始末，以及有關當局其後利用紅外線溫度探測器分開已火化過的骸骨的做法，她和實驗室裡「被迫偷聽」的其他研究人員都不禁眉頭深鎖。

◎火化後的骸骨

經過火化後剩下的骸骨，俗稱骨灰（cremains，為 cremated remains 之簡寫）。這些剩下的骸骨都是骨頭裡不會被燃燒的礦物質（mineral structure）。在燃燒的過程中，骨頭的物理（physical）及化學（chemical）結構會受熱力影響，令到辨識工作難以準確進行。物理特徵的改變可以是因為骨頭受熱而誘發的萎縮，造成骨頭變形（deformation）及碎裂（fragmentation）。由於物理特徵是推斷性別、身高及年齡的重要指標，這些因受熱而出現的特徵改變絕對會影響推斷及辨識結果。

從化學角度來看，這些剩下的骸骨裡所有的有機物質（例如：骨膠原）都已經在大火中燒掉。而從考古角度來說，如果要用碳-14（^{14}C）[註一]的方法去推斷骸骨的歷史，

註

一、碳-14（^{14}C）是碳元素一種具放射性的同位素。

甚至想從骨頭抽取 DNA 去確認身份，又或是抽取穩定性同位素進行分析（stable isotope analysis）以了解死者生前的資料，也是徒然。因為根本沒有標本拿去做比較，又或因為已經年期相隔太久，就算做完所有測試都沒有機會鑑定其身份。

教授熟練地把幾個盤子拿到我的左手邊，說：「這些盤子是給你分類用的。我去拿一些表格，五分鐘後回來啊！Have fun for now!」我嘗試從這些碎骨裡分辨它們來自身體哪個部位，而這五分鐘迅速地過去了。

看著 Elizabeth 走進來，我慚愧得想把這些盤子收起來，因為成功分辨的數量實在少得驚人！

「這是你的第一次，已經很不錯了！試過有學生一塊也分辨不出來呢！」她好像是看穿了我的不安，看了看我的盤子後鼓勵道。我分辨到的是大腿近膝蓋的末端（distal femur）、

肋骨（rib）、脊骨和某部分頭骨（例如是「後尾枕」部分），因為這些骨頭的結構明顯，所以不算太難分辨。

在一個犯罪現場中，想用火去完全隱藏一具屍體，甚至一個人的身份，需要花很大的精力，就算大部分證物都已經燒成灰也好，還是會留下部分線索於你意想不到的地方。曾經有個案例，屍體在一個直徑約三米的坑裡被燃燒，現場只剩下一堆灰，還有一些鐵釘、玻璃等，證明有一些家具曾經在此一同被焚燒。經過五天利用考古學的方法，鑑證人員最終找到了其他部分的骨頭，例如：手肘部分、部分指骨的碎骨等。由於有目擊證人表示曾經看到有兩個人走到火堆去，警方於是相信其他的骸骨有機會已被移去其他地方。疑犯一心以為可以用火毀滅一切證據，最後卻留下不少線索，天網恢恢，疏而不漏。

◎火化技術的原理

從殯儀角度來說，火化這回事，部分考古學家認為以前會採用的原因，跟今天變得普及的原因是一樣——方便及快捷。不過兩者在操作上卻有著不同特色。

傳統的火葬，屍體會放在架起的柴堆（pyre）上直接焚燒。火化在殯儀上的使用有非常悠久的歷史，大概從公元前一千二百年已經在歐洲（今天的法國、匈牙利、瑞典南部至意大利北部等）出現了，這些地區成為了甕棺墓地文化（urnfield culture）的重地。

考古學除了研究葬禮上被火化的骸骨外，亦會接觸到其他被火燒的骸骨，例如家居火災、自然火災、宗教儀式、食人習俗、兇殺案等。考古學家過往就這些骸骨做的研究，對法醫科的研究和發展有深遠的影響。據研究顯示，以前的火化做法跟現在的大同小異，分別在於以前需要搭建柴堆，現在只需直接放到火葬場裡的焚化爐。

任何固體只要燃燒到一個溫度都會化成氣體。火化的道理都是一樣，當軟組織燃燒到一個溫度高點就會化成氣體。因此，焚化爐其中一個重要的設計就是不要令燃燒產生的氣體囤積，否則會造成危險。為了令到火化過程順利進行，負責的工作人員會按照屍體的重量而調整使用燃料的分量，每一百磅人體脂肪大約需要十七加侖燃料。假設亡者重達四百磅，其體內脂肪重量和體重的比例有機會高達百分之五十，即等於大約有二百磅的脂肪會不斷燃燒，火化時如果不注意而放平常數量的燃料，排出的廢氣及氣味會極濃。因此，每天開始火化工序前，火葬場的工作人員都會計算好大約需要多少燃料去處理屍體，以合乎最佳經濟效益和環境保護的原則。

現今的火化技術大多以石油氣（LPG）為燃料。火葬場的燃燒溫度可高達攝氏八百七十至九百八十度。當然，這只是個例子，因為火化過程會按照使用的燃料、焚化爐的種類及屍體的身形而有所調整，不過必會達到的是約每小時燃燒四十五公斤的屍體。如果小型火葬場只有一台焚化爐，屍體連同棺木等一同燃燒，整個火化過程（連同準備及善後）約需五個小時，因此一天最多只能火化兩具屍體。大型的話，則通常有四台焚化爐，平均每台焚化爐能燒三至五具屍體。火化過程中燒的並不只是屍體，還有棺木和陪葬品等，這些物件都需要時間去燒毀。當然，有些焚化爐可以縮短時間，不過所需的燃料會相對地較多。

◎從火化過的碎骨做辨識

一般火化過的遺體在燃燒約兩至三個小時後（視乎選擇的儀器及方式有所不同）都會變成碎骨。注意！是碎骨，不是骨灰。這些碎骨被收集後會放到磨骨灰機裡，將其磨碎成骨灰。正因為現今火化後呈現的都是碎塊，所以在特別情況下，法醫人類學家仍可以在屍體火化後「出手」，以骨頭上的一些特徵做辨識，甚至與考古的標本做對比研究。

要從火化過的碎骨塊做辨識，必須在碎骨送進磨骨灰機前進行，工序跟沒有經歷火化的碎骨差不多：

一、辨別哪些是人骨

二、分辨碎骨屬於哪個部位

三、將能辨識的碎骨按身體部位分類

四、判斷當中最少有多少人（minimum number of individuals，簡稱 MNI）

五、推斷年齡及性別

六、觀察因燃燒而產生的氧化作用程度（oxidation level）

七、分辨病例或一些骨頭獨有的特徵

八、如有陪葬品（artifact），嘗試釐清死者骸骨及其陪葬品的關係

骨頭及牙齒燃燒時，可以按照燃燒的溫度（攝氏）分成五個不同階段：

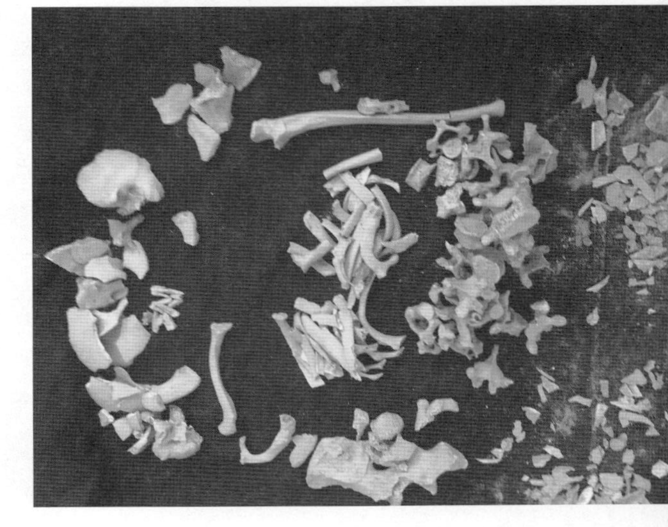

一、溫度約二十度至低於一百八十五度
二、溫度一百八十五度至低於二百八十五度
三、溫度二百八十五度至低於四百四十度
四、溫度四百四十度至低於八百度
五、溫度八百度至九百四十度

骨頭因為被火燃燒而出現變色，亦由於燃燒的溫度有別，其顏色會有所不同。因此，有研究人員指出，按著這個方向走，應該可以反推斷骨頭被燃燒的溫度及燃燒時間。美國約翰霍普金斯大學（The Johns Hopkin University）曾做過一個研究，指出當骨頭在一百八十五度至二百八十五度燃燒時，表面會有些不規則的小孔，骨頭會縮小百分之一至二；而在二百八十五度至四百四十度燃燒時，整塊骨頭會出現非常特別的裂痕。研究指出，長時間燃燒會有更明顯的顏色轉變。反之，缺氧燃燒（anaerobic burning）就會延遲顏色轉變。最常見的就是火化時，屍體的軟組織成為了火焰跟骨頭的障礙，令骨頭處於一個缺氧的環境下被燃燒，由於缺氧令燃燒速度減慢，這階段骨頭的質量不會有太大的改變。

研究指出骨頭被燒導致顏色轉變的情況如下：燃燒溫度達二百度時，骨頭會變成黃啡色；溫度達三百至四百度時，骨頭則會變成黑棕色；溫度達五百至六百度時，骨頭會變成灰色；若溫度高於七百度，就會變成白色粉筆般的顏色。了解這些顏色轉變可以幫助調查人員嘗試找出能抽取DNA的一個溫度範圍。骨頭燃燒時，其重量會減輕，除了因為水分蒸發，有機物質亦會以碳的形式組合，成為二氧化碳。

一具屍體完成火化後，成年人會留下約二千至三千克的骨頭。一般燃燒至七百度時，身體會變成原本骨頭重量百分之六十。同一時間，研究指出燃燒溫度在二百至四百度之間，骨頭的有機物質會急速減少；直到達七百度為止，骨膠原將完全不能被偵測。骨頭被燒後，熱力改變了其化學結構，因而會縮水，增加了進行分析的難度。

一般的辨識方法有幾種，最常見的大概是與生前的X光片做比對。當然，這是具挑戰性的，因為火化後的骨頭碎片是異常的碎，所以一般會以碎骨中的牙齒與生前牙齒紀錄做對比，繼而做辨識工作（詳情參閱《屍骨的餘音》第五章）。另外一個常用到的技術是額竇比對（frontal sinus comparison）。額竇為前額骨兩層骨（頭顱外骨及內骨）中間的一個空間，在X光片下每個人的額竇圖案是不一樣的，因此透過比較生前及死後，甚至燒過的骨頭的前額X光片，就可以知道是否屬於同一人。

知名美國法醫人類學家Douglas Ubelaker曾經利用一個博物館館藏去研究頭顱骨內的額竇能否用作身份辨識的工具，其後有不同的研究指出它的可用程度相當高。不過，由於額竇的位置很接近前額骨的表層，因此有機會在火化時已被火焰影響，並因為熱力而造成斷裂的情況。美國有關部門則認為，由於現時沒有一套明確的指引及方法，因此如果在法庭上被質疑的話，專家證人必須向庭上的陪審員及法官解釋其可取性及準確性。

隨著科技進步，即使骨頭曾被火燒過，在3D打印技術的協助下，不但可以做一個複製品方便調查人員研究，甚至可帶到庭上作供，向陪審員及法官淺白地解

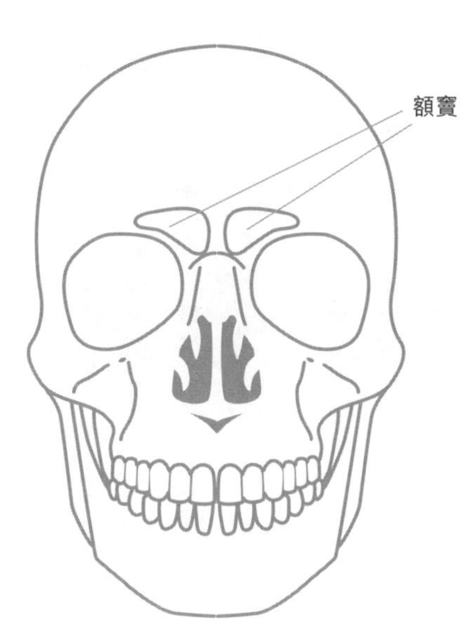

釋事件的始末，更可以透過鏡頭把骨頭上的細節放大一千倍或以上！這種稱為 micro-CT 的技術，將骨頭上的細節表露無遺，哪怕是被火燒過的骨頭，也可看得一清二楚。

◎美國 Tri-state 火葬場的醜聞

說回 Elizabeth 及其他研究人員聽到鑽石山火葬場那新聞的詫異反應，我並不感到意外，我讀到這則新聞的時候也不遑多讓。Elizabeth 甚至說：「可能所謂的紅外線探測器就是工人的一雙手呢！」跟 Elizabeth 接下來的討論並不是集中在這件事上，而是延伸至二〇〇二年發生在美國佐治亞州（State of Georgia）東北部的 Tri-state 火葬場事件。

二〇〇二年，三百三十九具屍體被發現於上述火葬場內，並正在腐化階段。它們並沒有於送到火葬場後直接燒掉，反而一具疊一具的陳放在已經壞掉的雪櫃裡，又或者放到火葬場附近的樹林裡、後面的小池塘等地方超過五年以上。可是，大自然自有它的戲法，附近的居民聞到強烈的惡臭後向有關部門投訴，被遺棄的人骨終於被人發現，令當局不得不正視問題。但更駭人的是，即使沒有將先人的遺體火化，火葬場依然會給家屬交還骨灰。藉著受影響家屬的協助，政府檢驗了這些所謂的「骨灰」，繼而揭穿這些「骨灰」是普通的水泥包裝而成。

這新聞曝光後震驚全美國，更重要的是很多家屬都擔心自己的親人是否同樣被當垃圾處理掉。家屬只是按著先人的意願，安排遺體火化成灰，結果屍體卻被隨意遺棄，連骨灰也拿不回，這不禁令全美國的人思考到底過世的人對火葬場的經營者 Ray Marsh 來說是甚麼？Ray Marsh 最後因不妥善處理屍體等指控被判入獄十二年。雖然他沒有遭受任何刑事檢控，但據報共有二千宗民事檢控由不同受影響的家屬提出。時至今天，部分受事件影響的家屬仍然無法尋回先人的遺體，因為屍體已腐化到不能辨認，這對他們來說是一個未完的噩夢。

◎火葬的普及和利弊

學者 Katharina Rebay-Salisbury 引述，在工業時代，人們相信火的轉換力量，因而覺得可以透過火化，把亡者的肉體轉化成靈魂帶到後世去，後人繼而感到安心，因此造就了火化的普及，並開始按照當時的工業中心為藍圖去興建火葬場。她在文中引述的幾個例子，包括古希臘、古羅馬帝國對社會使用火化成為殯葬儀式並沒有統一的管制，反而指出多半是按照先人意願選擇。從不同的例子及時代變遷所顯示，她認為殮葬儀式絕對受當時社會的環境及觀念影響，而考量的條件包括空間、祭品的供應等。當然，以這簡單的推理來說明火葬的意義，確實太魯莽了！殮葬方式是一個多層、縱橫交錯的文化傳承過程，同樣亦需要不停地與社會協商，於每個時代有一個新的定義。

以上述的 Tri-state 火葬場事件為例，的確，就算從屍體堆內尋回家屬的屍體，那都只是一具沒有生命的遺體，並沒有任何用途。從現實層面來看，有沒有火化其實也沒有太大分別，但對家屬來說，先人的遺體是非常珍貴的。

火化這個殮葬方式本來沒有特殊意義，潛移默化下卻被社會認為是必須而正確的做法，幾乎等於「正常」（normal）的定義。從前的歐洲，火化代表著「現代化」（modernity），也是身份象徵，是作為奠定死者及家屬社會及政治地位的工具。以前，羅馬教廷視火葬為傳統儀式，而古希臘及古羅馬年代的文化則視為家事，可見在當時社會是有多種選擇，而每一種都是尊重死者的殮葬方式。時至今日，火葬代表著甚麼？這個問題沒有必然的答案，因為一個殮葬方式的價值及定義是多層及多元的。這可以拆解為當時的社會狀況、社會與民生及文化的一個共同協議（social negotiation）。如果以單一原因（例如：經濟條件、環保程度）而影響了任何一種殮葬方式的推行，成效只會事倍功半！因為有關機構忽略了殮葬背後對人民及社會文化的意義。

退後一步想想，為何火葬大行其道之時，會有不同團體於世界各地嘗試推行和研究其他殯葬方式？除了因為骨灰龕供不應求，亦因為火葬對在世的人有深遠的健康影響。火葬的屍體可以分為兩種：未被處理／防腐，以及已被防腐的屍體。

未被處理／防腐（direct cremation）是指屍體準備好被火化前，會被安放在紙棺或是沒有任何金屬成分的棺材裡，沒有經過防腐處理，直接送到焚化爐裡。當整個過程完結，就可以收集碎骨放到磨骨灰機裡磨成粉，最後歸還給家屬。香港一些環保殯儀團體就是採用這種做法。

不過，火葬場裡有焚化爐，就會有因為燃燒造成的煙，並產生有害致癌物質，例如：二氧化碳（這是基本的～）、一氧化碳、鹽酸（hydrochloric acid）、二氧化硫（sulfur dioxide）、二噁英（dioxin）、多氯化二苯二噁英（polychlorinated dibenzodioxins）等。如果屍體口腔裡有用過金屬物料補牙的話，火化期間更會釋出水銀物質（mercury）到空氣中，隨後跟著雨水回到我們的飲用水裡。而如果屍體曾經被防腐的話，防腐液體中的甲醛跟水銀一樣，會被釋出而停留在半空，直到與水分結合，透過雨水回到我們的飲用水中。外國有些火葬場會有過濾系統過濾這些污染物，不過也不是完全濾掉，只是減少排放量。

雖然火化過程中可產生能源，例如在外國這些能源足以提供暖氣予一座建築物，或是把室內游泳池變為暖水池，但上述例子都只能相對地減少了部分污染物的排放，或做到能量轉換，對我們的健康及環境仍是治標不治本的方法！

◎液體化火葬

眾多新式殯葬方式中，「液體化火葬」（又稱為「鹼性水解」，正式名稱為 alkaline hydrolysis）最有效減低以上問題，它能為家屬提供類似火葬的結果——像骨灰的白色粉末，屍體的其他部分則會變成液體排走。

「液體化火葬」可以說是屍體獨享的「Spa（水療）療程」，步驟非常簡單：

一、屍體會放到一個用仿絲製成的布袋裡（現在有些做法是將屍體裸放在儀器的滾牀上，以減少不必要的能量排放）。

二、把整個袋放到一個像電影中常看到的太空艙或時間廊的密封裝置，約三小時左右。

三、裝置裡會加熱至攝氏一百六十度，並會加入壓力、水、氫氧化鉀或氫氧化鈉（Lye）[註二]。

四、程序完成後，會剩下白色骨頭，以及啡色的液體（收集後通常會直接倒掉）。

五、將所有骨頭收集後，跟傳統做法一樣，用磨骨灰機磨成粉末，成為骨灰，交還給家屬。

簡單來說，「液體化火葬」是把人的自然腐化過程以水、高溫及壓力加速，將本來要以月甚至年計的事變成兩至三個小時內完成。最後，所有的軟組織會消失，只剩下較軟的骨碎。「液體化火葬」收集到的骨碎，會比一般火化後收集到的多出三成。而那些剩下來的溶液，處理掉當中的化學物質後可用作肥料，否則就是直接送到污水渠。

註

二、可以選用氫氧化鉀或氫氧化鈉，英文簡稱為 Lye。

你可能會疑惑，「液體化火葬」所用的能量會否很多？美國有研究説明「液體化火葬」耗用的能源只是傳統火葬的八分之一，碳排放量則是傳統火化的四分之一，更不會釋放水銀等有害物質。它用到的水，也比一個正常人三天的用水量少。

那麼，為何「液體化火葬」沒有大受歡迎呢？有些人覺得，把屍體溶掉然後直接倒進污水渠中，是對屍體不尊敬、不尊重、不人道。但諷刺的是，這些批評就是在十九、二十世紀開始引入火化或火葬場時一模一樣的反對聲音。當時美國只有百分之五的人選用火化處理屍體，而現在則是超過百分之五十！當然，隨著時間流逝，文化及宗教層面都對人們接受火葬帶來影響，但最主要的原因絕對是經濟考慮！最初羅馬時期（公元前二十七年開始）是絕對反對火化，因為他們相信必須保存死者的肉身，才能令其之後可以復活。到天主教時期（公元一世紀起），火化只會用於懲罰（達至永不超生的效果）及衛生原因。在五世紀，整個歐洲都找不到火葬的痕跡。直到現在，在經濟及土地問題的大前提下，加上再沒有繁瑣的宗教禁忌，人們都覺得火化是最簡單的方法。

剛才提到「液體化火葬」會把剩餘液體送到污水渠，有些人或許會覺得很噁心，可是大家有否想過，在屍體腐化的過程中，那些體液又到哪裡去了？它們還不是一樣回歸到大自然中嗎？我們曾經接受不了火化，到今天它卻大行其道！我們曾經對被燒過的骨頭束手無策，到今天科技的進步逐漸幫助執法機構突破這個難關！

我們今天對部分死亡的概念依然陌生，依然害怕，就如「液體化火葬」，前陣子被媒體形容為「水葬」，其實是有點被誤解了。火葬經歷了數十年，最終得到社會大眾接受（socially accepted），過程中難免會遇上不同的意見，但大前提是必須有選擇，相信只要大家多認識多了解，「液體化火葬」也會慢慢變得普及。

"You always see the past through the filter of today, and it's still ongoing."
「你總能每日以濾鏡從今天回望過去，而它仍然無止盡。」

Alison Matthews David, Curator of Bata Shoe Museum

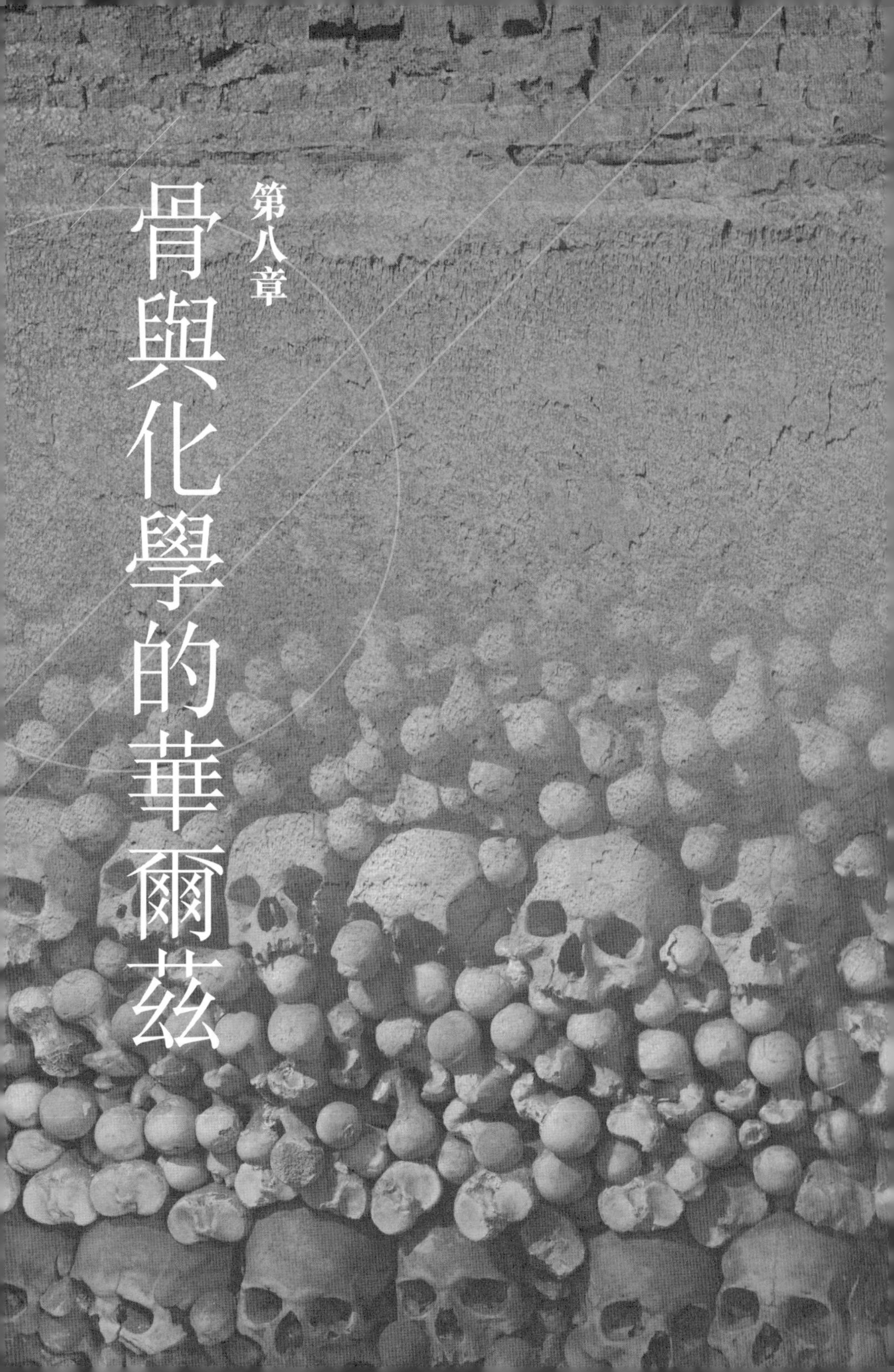

第八章 骨與化學的華爾茲

《九品芝麻官》是我最喜歡的周星馳作品之一，戲中當八府巡案包大人奉旨徹查戚家十三口滅門慘案，豹頭再次驗屍時，發現其中兩副屍體已經骸骨化。豹頭指出，「每一具屍體都只有喉部發黑，其他部位很正常。」他以個人經驗判斷，「死者一定是死後被人落毒，所以毒液只留在喉部，而流不到腹部。」

◎古代中砒霜毒的驗屍方法

這種查案方法，宋慈在其撰寫的《洗冤集錄》中極力推崇，他更以大篇幅講解砒霜中毒的症狀。而中毒的方式並不是靠銀針及發黑的骨頭來辨認的。

砒霜是中國傳統的毒藥，最初被用作老鼠藥，後來則經常被用來作為自殺的方法之一。它的毒性劇烈，人類口服零點零零五克已經可以引起中毒，不足零點二克的分量甚至可以致命。急性中毒可以因為一次性大量攝入，而慢性的則可以遞增的方式慢慢攝取而不容易被察覺。

對於砒霜的中毒情況，《洗冤集錄》的記載如下：「凡服毒死者，屍口眼多開，面紫黯或青色，唇紫黑，手足指甲俱青黯，口眼耳鼻間有血出。甚者，遍身黑腫，面作青黑色，唇卷發皰，舌縮或裂拆爛腫微出，唇亦爛腫或裂拆，指甲尖黑，喉、腹脹作黑色，生皰，身或青斑，眼突，口鼻眼內出紫黑血，鬚髮浮不堪洗。未死前須吐出惡物，或瀉下黑血，谷道腫突，或大腸穿出。」宋慈對中毒形成骨頭發黑的症狀有這樣的描述：「男子骨白，婦人骨黑。婦人生骨出血如河水，故骨黑。如服毒藥骨黑，須仔細詳定。生前中毒，而遍身作青黑，多日皮肉尚有，亦作黑色，若經久，皮肉腐爛見骨，其骨黲黑色。死後將毒藥在口內假作中毒，皮肉與骨只作黃白色。」

男女的骨頭特徵雖然有別，但成分都是以磷酸鈣（calcium phosphate）為主，因此骨頭都應該呈現黃白色或是象牙色。那麼骨頭會在甚麼時候變成黑色呢？一般當骨頭裡的有機物質分解及氧化時（例如：被火燒），都會呈現黑色狀態。黑色更可以是因為屍體埋葬及存放的環境所造成。因此，當看到黑色的屍骨，不一定代表是中砒霜毒身亡。同時，中了砒霜毒的骨頭亦不一定呈現黑色。其次，砒霜在人體內的分佈及對器官產生的劇毒反應都不一樣，一般可以於骨髓、血液，甚至頭髮裡找到，而不是骨頭。

那麼，是不是完全沒有任何中毒特徵可以於骨頭上反映出來？如果你是這樣想，就大錯特錯了！二〇一六年英國Durham University的一班人類學家研究了一具屬於青少年的骸骨，指出骨頭上具有中磷毒的體質特徵。

◎製作火柴引致中磷毒

磷有不同的形態和顏色，包括白色（即一般的光磷）、紅色、紫色、黑色及最近找到的粉紅色。磷的英文名字phosphorus來自希臘文，有著「帶光者」（light bearer）的意思。磷具有易燃性（flammability）的特質，尤其是黃磷（white phosphorus），因此令人聯想到黃磷可以作為室內照明的原料。最初的設計是藉著摩擦力令磷產生熱力繼而生火，這也是火柴的由來。黃磷的發現到火柴的應用對當時的照明系統和生活模式帶來了一大進步，火柴需求量異常地高，因而造就了一個名為「dipper」的職位。

「Dipper」這個職位的出現，正正代表著工業時代的起飛，大部分人開始搬到城市裡居住，間接地促成了污染及不同疾病的散播，其中一種疾病叫磷毒性顎骨壞死（phosphorus necrosis），俗稱「phossy jaw」，可以說是因為火柴的流行而引致。這種顎骨壞死的疾病源於患者中磷毒，當中患者大部分為女士及孩童（不是青少年），因為他們相對纖幼的手指較適合製作火柴，所以火柴工廠聘請的都以女士及小孩為主。製作火柴的工人每天工作約十二至十六小時，工作期間必須站在一缸帶有微溫的化學液體前，用手指拿著火柴的木棒浸入混有黃磷及其他化學物質的液體中。每枝火柴必須浸兩遍，風乾之後會被剪成小根，以小盒包裝出售。

這樣的工作薪水不高，而且工作環境暗黑無光，通風系統異常的差，小孩及女士長期於這種欠缺陽光和新鮮空氣的環境中工作，特別容易患上肺結核（tuberculosis）及佝僂病（rickets）。而且工作期間他們必定會吸入由黃磷釋放出來的氣體，因而增加了得到磷毒性顎骨壞死的風險。

讓我簡單地介紹一下元素週期表上的磷。它曾經非常神奇及神秘，吸引了很多煉金術士的青睞。它能令到骨頭發光，造就詭異鬼故，甚至於十九世紀造成「人體自燃」（spontaneous human combustion）事故。磷，絕對不是百分之百的邪惡之物。相反，它是生命中必須的元素。當它跟氧氣結合，成為磷酸鹽（phosphate），能夠將我們的 DNA 連結起來，令我們的骨頭更加堅固。只是，它亦有自己的陰暗面。

這些長期暴露在黃磷環境下的工人，身體機能會隨著時間而改變。吸入從黃磷釋放的氣體會令到肺部發炎及導致其他肺部問題。磷散發到空氣中後，其粒子會附在牆壁及地板上，並有發光的效果。工人回到家後，沾有磷的衣物亦會發光。如果工人吸入太多磷的話，他的嘔吐物亦有機會出現輕微發光的情況！

這具二〇一六年由人類學家研究的青少年骸骨，其性別尚未確定，由於年紀介乎十二至十四歲的青少年，其反映在骨頭的性徵尚未明顯，因此對性別的推斷並不會有太大幫助。這名青少年患有壞血病（scurvy）、佝僂病、磷毒性顎骨壞死及懷疑患有肺結核。佝僂病的病徵非常明顯：由於長時間在工廠工作，沒有機會曬太陽，導致未能製造足夠的維他命D協助骨頭生長，因此大腿的骨形狀呈弓形。另外，頭骨及腿骨異常的薄，人類學家推斷這是另外一個跟新陳代謝有關的疾病——缺乏足夠維他命C的壞血病。加上肋骨部分的異常情況，令人懷疑他有可能是患上肺結核病。

十九世紀的英國倫敦人口稠密，加上城市在初開發階段，衛生條件欠佳，因此上述疾病在那個年代並不罕見。不過最吸引研究人員的肯定是青少年的下顎，亦因為下顎的情況才令研究人員想到可能與火柴製造廠有關。

磷毒性顎骨壞死的症狀最初為牙痛，之後牙齒會脫落。然後臉部開始腫脹，下顎會有含膿的跡象。臉部沿著下顎的位置開始腐爛，繼而看到已經壞死的骨頭。有時候因為有過多的磷在骨頭裡，因此會於漆黑時發光。唯一可以改善病情的方法是把患者移離有磷的環境，可是為了「搵食」，工人終究沒法放棄工作。為了防止磷毒擴散到其他內臟，繼而導致肝臟衰竭，只好把整個下顎以手術移除。（對！是移除整個下顎！）復原及安裝「新」的下顎一共需要住院六個星期。不過大部分手術後的病人在回家後當晚都會死去，據說原因是在睡覺時嗆到[註一]，不能呼吸。

研究指出，百分之十一曾經接觸黃磷氣體的人都會於五年內出現磷毒性顎骨壞死的症狀，下顎骨（mandible）受大範圍感染。而這名青少年的左下顎骨有大面積的骨頭組織壞死，甚至延伸到下顎的中間。研究人員提出，這些壞死的骨組織最後被受感染的骨頭吞噬，他們更將這個症狀與歷史上同樣因為生產火柴而出現類似症狀的骨頭比較，發現兩者的症狀完全吻合。

註

一、由於移除下顎後，舌頭會因地心吸力遮蓋食道及氣管位置，繼而令人嗆到及窒息。

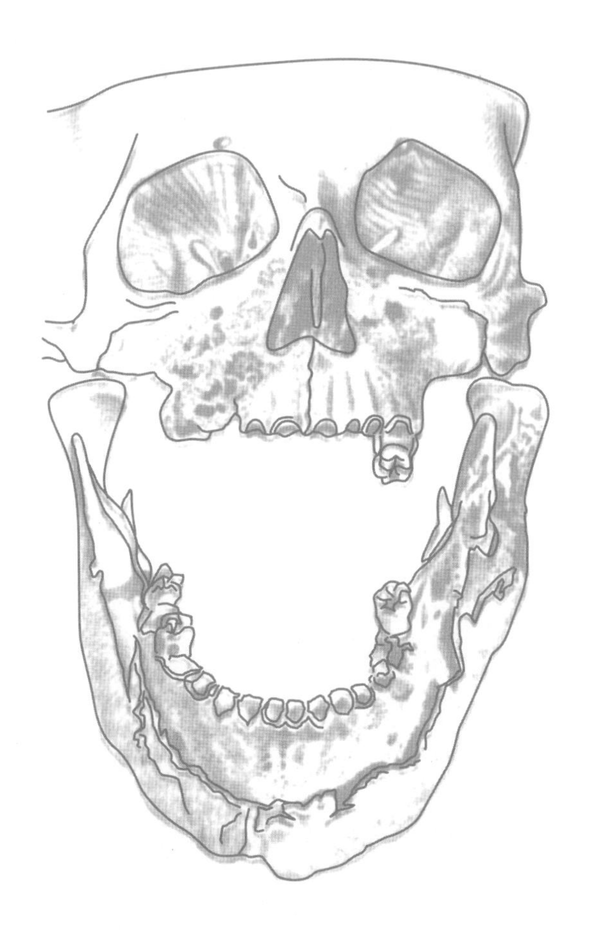

磷毒性顎骨壞死的其一症狀是骨頭沿著下顎的位置開始腐爛。

研究人員不知道這名青少年是否受過「phossy jaw」之苦，不過可以肯定的是他臉部的輪廓，甚至樣貌都因為下顎問題而出現改變。他們在骨頭上也看到了大面積的骨髓炎（osteomyelitis）痕跡，這個病會令臉部腫脹和含膿，經由口部流出的膿液會帶有異味。

雖然人們發現了製造火柴對身體造成這麼大的問題，但英國政府直至一九一〇年才正式禁止採用黃磷作為火柴原料。這副青少年的骸骨可說是古病理學第一具有關磷毒的證明，我深信考古學家必定會於不久的將來找到更多有關的骸骨及證明。

從磷毒這個例子可以看到，令骨頭中毒的方式是以吸入為主，會引致慢性中毒，後果異常嚴重，甚至導致死亡。

另一種到今天都依然肆虐的有毒元素必定是砷（arsenic），本章開首討論的砒霜，砷正是其主要成分。你又有沒有想過，為何這些有毒元素最初會被用於日常生活中？

◎亮眼綠色背後的砷毒

在十九世紀初期的英國，要殺害丈夫的最佳方式是甚麼？在其飲食中加些砷吧！怎樣殺害自己的嬰兒而不被人發現？把砷塗在乳頭上[註二]，讓嬰兒一邊啜母乳一邊「加料」吧！砷毒，幾乎可以說是女性常用的殺人方式，原因是砷非常容易買得到！中毒後的反應不外乎是肚瀉（diarrhea）、嘔吐（vomiting）及肚痛，一般不會突然毒發身亡，而是需要幾小時或更長的醞釀時間，下毒過程可以是「每天毒你多一些」，令受害者無從察覺。

砷是地球上一種天然元素，由於它能製造出一種與別不同的綠色色素，因此十九世紀時被用到牆紙（去年暑假我途經奧地利，參觀一個維也納皇宮時，裡面有一個房間原本是用砷造的牆紙裝飾而成，後來換成了仿製品）、油漆、布料等物料上。砷與碳酸鹽混合加熱成為三氧化二砷（arsenic trioxide），或稱「白砷」（white arsenic），俗稱「砒霜」，才會成為致命毒藥。然而低劑量的三氧化二砷不但對人體沒有害處，反而有著多重醫療用途。當然，必須由專業的醫生處方才可使用。

由砷製造出來那種亮眼的綠色後來成為了「謝勒綠」（Scheele's Green）。除了上述提到的裝飾用途外，後期更用到飲食及玩具上，例如作為食用色素用來製作蛋糕和糖果等。聽到都覺得恐怖吧？想像一個小孩在玩一輛綠色玩具車後，把手指放進口裡；又或分發綠色糖果給小孩（我記得小時候曾聽過不要吃某一種顏色的糖果），彷彿把砷逐少地吞進肚裡去。後來因為陸續看到有孩子在綠色的房間裡生活而變得日漸消瘦、穿著綠色洋裝的女士身體容易不適等，令人開始懷疑到底這種綠色色素是否有問題。

不過後來又出現翡翠綠（或稱巴黎綠，Paris green），化學名稱為醋酸亞砷酸銅（copper acetoarsenite），同樣是含砷的有毒原料，因為是天然物料且價格便宜，曾被廣泛使用於衣物、蠟燭、繪畫顏料，甚至用來製作殺蟲劑等。

最初完全沒有人懂得處理這些綠色物質帶來的身體狀況，當時有醫生甚至建議病人放十二至十五粒荔枝在肚皮最痛的位置上作為偏方治療。（聽起來很不可思議，很荒唐，不

註

二、只塗在乳頭上非直接食用，而且不是經常這樣做，加上砷毒相對慢性，因此對媽媽不會構成致命影響。

過是真的！）後來有醫生嘗試把病人胃內的食物丟到火裡燒，發現如果燃著後釋放出蒜頭味的話，即代表那堆食物含有砷。這種做法到今天依然有法醫官沿用呢！

這些有毒的綠色顏料對人體造成傷害，例如在經常要接觸這些顏料的工廠中工作，砷會侵蝕工人指甲下的組織；如果穿著破爛的鞋子令腳趾暴露，砷甚至會侵蝕腳趾。砷更加會不知不覺藏在指甲裡，若用指甲直接抓皮膚，可令有毒物質直接進入血液內，引致手部發炎。當然，中毒的不只是協助製造含砷物料的工人，其用家也受影響。一八七一年一名英國女士購買了一箱綠色手套，慢慢地她的雙手起了變化，一雙手的指甲邊開始潰爛。

◎衣飾中暗藏的水銀毒

跟磷毒、砷毒一樣，中水銀毒的受害者很多都是因為工作上需要接觸水銀而引致中毒。十九世紀的英國，男士有戴帽的習慣，而當時的帽是用兔毛製作的，為了令兔毛能更緊密地黏連在一起，以及令帽子的形態更固定，工匠會在帽裡塗上一層水銀，令當時不少帽子工匠在工作期間於身體內積聚了水銀毒也不自知。

中水銀毒比其他的中毒情況更加恐怖！一旦吸入水銀，它會直接攻佔大腦，因此首先出現的中毒症狀都是跟神經系統有關，例如手震。十九世紀的造帽工匠後來開始有心理問題，例如變得異常地害羞，又或極端地變得暴躁。有些工匠隨後更出現呼吸及循環系統疾病。

第七章中我曾提及美國的 Tri-state 火葬場醜聞，為何 Ray Marsh 會做出這樣的行為，至今依然無法理解。有學者及律師就這個疑問做了一些研究，發現 Ray Marsh 接手爸爸火葬場的生意前，他的爸爸已經出現精神及心理問題，而這些病徵跟中水銀毒的病徵一致！以前的補牙物料都是帶有水銀成分的，只要一燒，水銀就會釋放。律師其後開始懷疑 Ray Marsh 是因為處理火葬場的生意，因而不知不覺間中了水銀毒。他亦詢問過 Ray Marsh 的太太，一問之下才知道 Ray Marsh 有很嚴重的失眠症，並經常出現頭痛及其他部位疼痛的情況。醫學上，這些都是中水銀毒的一些症狀。二〇〇四年（即是 Tri-state 事件後兩年），Ray Marsh 在不知情的情況下上繳了一份頭髮樣本。頭髮中的水銀成分屬於正常水平，不過其他金屬如鉛、砷及鋁等的含量卻比正常人超出三至八倍，這亦是中水銀毒的症狀。中水銀毒後立刻檢驗會發現水銀含量超高，但是過了一段時間後才檢驗的話，水銀水平會恢復正常，但其他金屬水平則會相對地增加。學者 Dr. Boyd Haley 更指出，男性中水銀毒的機率比女性的高，原因是男性體內的睾酮（testosterone）會協助放大中毒後的症狀，相反雌激素（estrogen）就沒有這個功能。

因著有毒衣物潮流而生成的一個博物館展覽於二〇一六年六月在Bata Shoe Museum圓滿落幕。雖然看上去這像是兩個世紀前的事，卻不要以為我們自此將時裝、時尚與死神分隔。這個展覽的監督Matthews David說：「我們每日都以濾鏡從今天回望過去（see the past through the filter of today）。」的確，歷史正不斷地重演。前幾年，不同媒體相繼報道中國內地工廠製造牛仔褲時，進行噴砂（sandblasting）工序期間沒有採取足夠的防護措施。這個便宜又快捷的工序，卻為工人帶來不同的致命肺病，例如矽肺，即石末沉著病，這是因吸入矽塵導致的疾病，煤礦工人和打石工人尤其容易患此病。

在現時這個資訊發達的年代，這類因有毒物質引致的死亡事件不難在報紙上讀到或是在街上聽到，可是，作為使用者的我們卻未必知道衣物的製作過程對人體究竟有多大影響，而這些病亦未必會反映在骨頭上。

◎同位素分析

承接前兩段Matthews David所說的，除了從歷史角度考慮化學在骨頭上的影響外，他的見解亦可以套用到我們以科技的協助，分析骨頭內的穩定同位素（stable isotope），從微觀角度了解死者的過去，收窄地理位置搜索範圍，了解死者生前的出生地及在生地的遷移史，理解任何跟死者有關的細節。

同位素分析這技術不只用在法醫人類學及考古學上，地質學（geology）、生物學（biology）上也經常應用到。一般運用在考古學層面上的同位素分析多是用作了解群體的飲食習慣（diet habit）及群體的流動性（mobility，如有沒有遷移等）。而於法醫人類學層面上，多是用於辨認無人認領屍體的身份，例如協助推斷出生地。雖然未必可以由此總結到一個確實地址，卻可以縮小搜索範圍，比對相關失蹤人口資料庫，並向家屬索取多一點有關資料，提高成功辨認身份的機率。

以人口販賣案為例，由於受害人一般都在年紀較小時被抓走，之後被配以新的名字及替其改變形象，因此受害人對自己原本的家庭、出生日期，甚至姓名都比較模糊。如果得到監護人（可以是政府或社福團體隨機安排的社工）及受害人的允許，可以拜託牙醫做一個小手術把還沒有長出的智慧齒取出，再以同位素分析技術了解當中的同位素分佈。動物及人的骨頭及琺瑯質都能反映到食水、動物及植物食物的來源。而鍶則能用於推斷小時候的居住地。透過跟有關數據資料庫的資料比對，大約可以推敲到一個大概的範圍，並知道搬遷的路線及模式。

同位素分析的一個重要理念是「你吃過、喝過甚麼，你就是甚麼」（you are what you eat and drink）。每一種食物的化學成分都會反映在你的體內組織及體液裡。透過分析骨頭的骨膠原（collagen）、牙齒的琺瑯質（enamel）、頭髮及手指甲的角蛋白（keratin）、牙齒及骨頭的礦物成分，可以大概了解一個人的生活習慣。其中頭髮及指甲的同位素分析可以分析短期（一至三個月）內的飲食及遷移習慣，牙齒及骨頭則能按個別案例分析長期或長時間的飲食及遷移習慣。

技術上，經常用作同位素分析的包括碳-13（^{13}C）、氮-15（^{15}N）、氧-18（^{18}O）及鍶（Strontium, $^{87}Sr/^{86}Sr$）。以上幾款同位素都比較穩定，不會因為時間而出現半衰（half-life）的跡象。同位素會因著環境而有不同的比例，因而可以協助我們了解有關氣候變化、

宇宙射線
氮
碳
泥土

環境變遷、飲食文化等資訊。簡單舉例，假設一頭牛以吃草為生，然後人類吃了這頭牛的話，這種草地同位素及化學元素成分就會存在於人及那頭牛的骨頭骨膠原中。用作了解飲食習慣的同位素通常都是來自植物的碳-13（^{13}C）及海產類動物的氮-15（^{15}N）。而了解遷移習慣的多半是氧-18（^{18}O）及鍶（Strontium, $^{87}Sr/^{86}Sr$）。氧-18（^{18}O）來自雨水、自來水等，鍶則是來自石頭。

這種技術現在經常用於辨認想跨越墨西哥及美國邊界而不幸喪命的非法入境者的身份。當然其中也存在一定限制，例如美國負責這方面研究的技術人員需要更多有關墨西哥的資料才能更有效及準確地辨認這些無名氏的身份。

二〇一七年有研究指出，現在的同位素分析技術已經可以從頭髮同位素分析去推斷頭髮主人的性別、體型（BMI）、飲食習慣及運動習慣等。其中頭髮裡的碳-12（^{12}C）及碳-13（^{13}C）是分析重點。研究指出，從BMI問卷中推斷女性BMI指標的準確度有百分之八十的成功率，從頭髮推斷性別則有百分之九十的準確度。不過，研究人員指出從穩定同位素分析推斷出生地或來源的準確度只有百分之七十。團隊隨後解釋道，就算沒有高達百分之九十九的準確度也可以，原因是這項資訊的目標只是為調查人員收窄查案範圍，而高達百分之七十的準確度已經足夠。

◎ DNA 化驗及比對

在微觀領域來說，大家接觸得最多的必定是 DNA。我在《屍骨的餘音》曾提及在情況許可下，是可以取骨頭的 DNA 去檢驗核實骸骨的身份。在很多犯罪電視劇或電影上，大家看到 DNA 化驗是「呢頭拎去驗，嗰頭出報告」，然而事實並非如此，這種法證證據化驗需要的時間取決於很多因素，其中一個非常重要的原因是化驗所工作量的多寡。不光是香港，甚至是美國，很多這類 DNA 化驗都是送到政府化驗所或是大學裡的化驗室處理。由於化驗室很多時已經有大量的樣本囤積，除非是緊急個案，否則都是按著樣本送來的次序進行化驗。香港的 DNA 化驗大部分由政府化驗所的小組負責，由於政府化驗所平常的工作及負荷量已經很大，兩個月的化驗時間已經不錯了。

的確，美國有些執法單位可以在幾個小時之內把 DNA 結果交到警方手上，但絕對是少數。有統計指出，美國全國二百零一所警方及政府化驗所裡，DNA 及其他化驗樣本的化驗時間最短可以在二十天或以內完成，而最長的則可以是兩年，平均等候時間約莫是一百五十二天（相等於五個月左右）。學者進行這個統計的原因是有鑑於州立政府及執法機構在這方面的透明度不高，希望藉著這個統計來糾正大眾的期望，明白電子媒體上的內容情節與真實情況是有出入的。

同樣情況亦出現在二〇一七年六月英國倫敦西部肯辛頓區住宅大廈 Grenfell Tower 那場大火的屍體鑑定及辨認上。直至現在，共有二十一人已經被家屬辨認及證實死於火警現場。但警方認為應該有最少八十人死於火災中，因此有關專家仍在努力。其中一個令辨認工作增加了難度的原因是大樓屬於一個「開放式」（opened）環境（飛機失事的情況則屬於「封閉式」（closed）環境，因為有詳細的客人及工作人員名單），這令到收集比對樣本和進行比對過程都倍加困難。

若發生如此災難性事件，遇難者家人的情緒必定大受影響，而他們唯一可以做的是盡量向有關部門和調查人員提供死者的生前資料，愈多愈好，任何牙醫紀錄、骨折歷史、手術紀錄、是否有植入物等都是極有用的資訊。可惜的是，由於這次是火警，而地點是住宅，令 DNA 比對的可用性大大減低，因為平常生活中很多帶有 DNA 的物品，例如牙刷之類都已經在大火中化成灰燼，根本沒有物件可以拿來做 DNA 比對樣本。更重要的是，火也會破壞所有有機物質，包括DNA。

英國警方曾表示最終的鑑定結果起碼要到二〇一七年年底才能完成及公佈[註三]，令到生還者及遇難者家屬的心裡壓力更加沉重及感到不忿。這當然能夠於情理層面上理解，但也要同時了解必須以精準科學作為前提，確保以所有可行的方法還死者一個身份。

雖然骨頭看上去跟化學扯不上關係，但其用處還真不少。上面討論過的化學物質一般都是大自然給予我們的資源之一，可以應用於飲食、生活，甚至人體細胞內。它們沒有好壞之分，就算是砷、水銀、磷，都有方便我們生活的用處。他們的好與壞視乎我們如何使用，骨頭繼而給予相對應的反應。整個過程猶如我們在生時與化學元素跳一支華爾茲，兩者的平衡是重點。最後的成品必然就是我們死後遺下的骨，向後世展示著我們一生努力的成果。

註

三、最終在二〇一七年十二月只公布了一小部分的結果，並在聖誕節之前舉行悼念儀式。

第九章

來自墓裡的證人

這是我來東帝汶工作後的一個平凡早上。一如既往，由警車護送我到殮房工作，看到殮房門口聚集了一大群家屬，等候室又不斷傳來嚎哭聲，我就知道有遺體剛送進來準備解剖。這邊的工作程序跟美國的很不一樣，說實話到現在我也不太明瞭到底是甚麼時候解剖、甚麼時候開會，好像都很隨性。下車後，身旁的警察幫忙開路，叫家屬組成的人牆讓開。從我下車的那一刻，我已經感覺到人牆的目光都停留在我身上。（這跟大家看賭神出場的陣容有點相似！）警察到殮房的等候室查探後，認為我們繞後門進去解剖室比較適合。

終於來到殮房，經過了幾個解剖室及冷藏屍體的冷凍櫃，走到駐場的解剖官 Garcia 的辦公室，打個招呼，隨後 Garcia 簡述了當天的解剖議程，我也簡介了我就骸骨做的鑑定進程，換來是大家的迫切追問。

不單是法醫官，連警察都不停追問我關於過去幾天的工作進度及成果。伴隨著背後家屬的嚎哭聲，他們的追問就像在指控我在以「事不關己，己不勞心」的速度去做我的工作。我以斬釘截鐵的口吻冷靜地回答：「我暫時沒有答案，因為還要做很多骨頭上的分析，這樣推斷才會準確。我不想妄下判斷！」看來這次，我這態度也沒有能打發他們的能耐，反而更令他們覺得我很冷漠。

送我到殮房的警察Roberto回道：「Doc（即是Doctor的簡稱，那邊的警察深深明白我並不是醫生，但依然這樣稱呼我。最初我每天都會糾正他們數十次，後來我無奈地放棄了……），我明白你的意思，但至少給我一些資料，譬如說：男或女？幾歲？如何死的？方便我向上司交代。」

我不禁嘆氣：「我知道，但我不想給你錯誤的資訊。給我多一天時間吧，明天可給你多一些資料。」這是門面話，我心裡其實暗想說：「我又何嘗不想多給你一些資料呢？只是過去幾天的骨頭，它們的生平及背景都很類似，沒有任何特徵。連續三至四天都是這樣子，到底是不是我錯過了甚麼？我忽略了甚麼嗎？」但我清楚知道，對著他們，這番話是不能說的。不能說的原因很多，其中一個是保持自身的專業形象。因此，有時候跟警察或其他部門合作的壓力很大。身份鑑定背後的理論是非常簡單易明，但由於每個人、每個族群都有不同的地方，因此不能直接將書本的理論搬字過紙，而這一點並不是每一個人都明白。更難令人明白的是，我們不是不上心，也不是冷漠無情，而是必須要謹慎地處理每宗個案。

既然他們拿我沒轍，不久就散會。我趕緊處理好一些瑣事後，便戴上口罩及手套，跑回自己的解剖室。

◎在東帝汶發掘的幾副骸骨

一拉開門，立刻看到解剖枱上排放整齊的幾副骸骨，它們彷彿在跟我說：「Welcome back!」關門後，走到我前兩天排放好的骸骨旁邊，希望從新的視角可以找到一些新線索。我沒有刻意去留意甚麼痕跡或特別想去找些甚麼，而是純粹想看看我有沒有錯過了任何可用的資訊。

差不多一個小時後，我帶著更多的愧疚、更大的壓力、更難過的心情遠離那幾張排放好骸骨的解剖枱。我走到一張原本空置的解剖枱前面，發現原來 Roberto 早上已經預先把我要處理的骨頭拿到這裡。我小心翼翼地把所需要的工具：牙刷、竹籤、篩箕、水桶、毛巾等準備好，並在解剖枱上鋪好墊，把眼前的三袋骨頭逐一清空。我在最後一袋中發現一塊被砂石裹得非常完整的「骨頭」。這樣說吧，其實我看不出它是不是骨頭，形狀看來的確像部分指骨，但輕輕一捏，密度及硬度也不像骨頭。我先把它放在比例尺旁拍照，給它

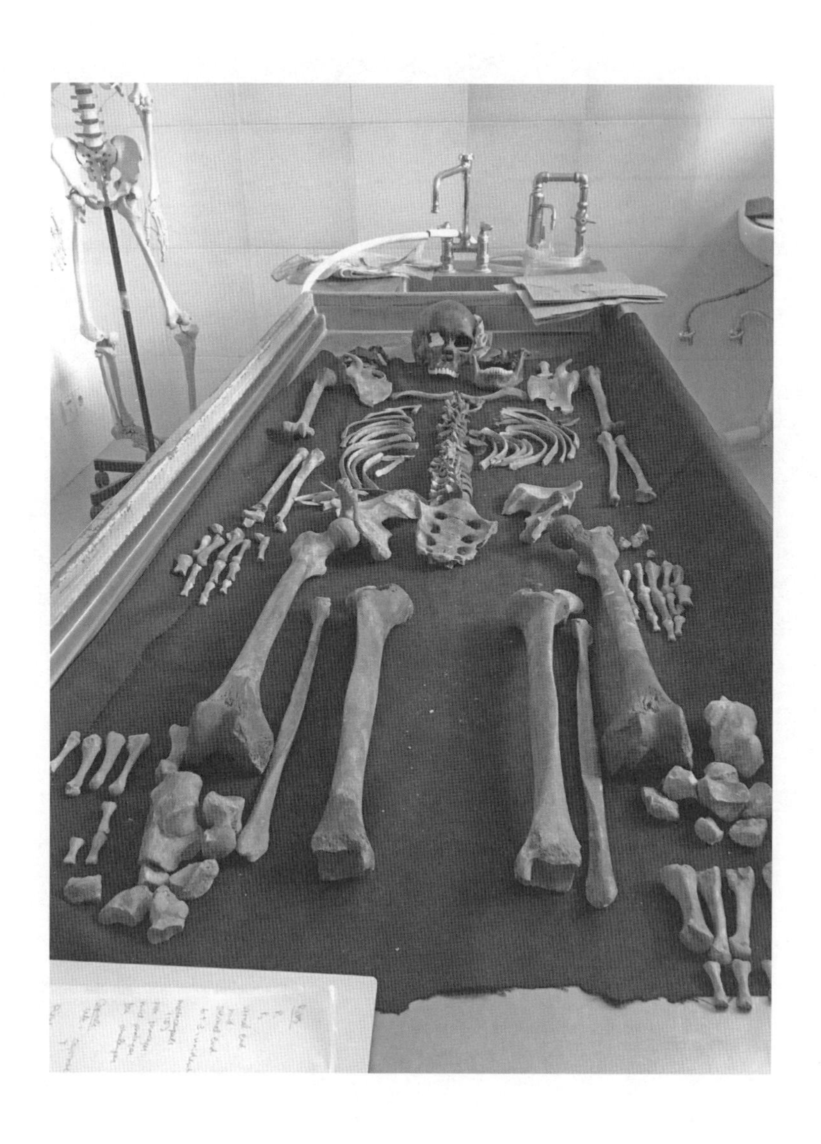

一個編號，打算放到一旁，最後才處理。

袋上的編號及資料顯示是來自同一個發現點，並附上了當時挖掘前的照片紀錄。這三個紙袋裝著的是來自同一個人的骸骨。拍照後，我便把骨頭以解剖體位排好。待骨頭重聚後，就會開始作基本性別、年齡、身高、其他特徵的推斷，甚至死因。這時，解剖室內非常安靜，除了不時從殮房外面傳來家屬的嚎哭聲之外，我開始專注的「聆聽」著骨頭跟我說的話。

每一個案件、每一副骨頭對我們法醫人類學家、體質考古學家及體質人類學家來說都是全新的挑戰，因為沒有一副骨是一模一樣的！挑戰的難度是沒有人能預計，只能以專業且熱誠的態度去處理，而當中我們更要採取主動。採取主動的意思是在排好解剖體位後，收集回來的骨頭會連同衣物拍照，之後才把隨骨的衣物除去。然後會拿起一份約十至二十頁的表格，替骨頭「點名」——檢查眼前的屍體中哪一塊骨頭列席，哪一塊缺席。如果在骸骨上發現創傷痕跡的話，必須從創傷痕跡重組事件的發生次序（詳見第五章）。就算這個案件有多難過、有多困難，了解這些既定程序都能幫助你按部就班完成工作，只差在用多久時間而已。

◎東帝汶大屠殺事件

眼看著面前的骸骨，我開始了我的既定程序：推斷死者的個人資料。先是年齡。

從頭骨縫融合程度、盆骨的虛耗情況及恥骨聯合等方法，初步推斷骸骨主人為「介乎二十多到三十歲左右」，我邊記錄邊自言自語。再來性別的推斷，從頭骨特徵、盆骨的形狀及線條來看都是屬於男性的。我徐徐的邊寫邊嘆氣，「也是一模一樣，都是介乎二十多到三十歲左右的男性青年。」我不禁抬頭看著其餘幾張解剖枱上的骸骨，暗想：「這組合跟眼前諸位骸骨的主人的推斷一樣啊！」雖然是很不忿，但既然是事實就要如實記錄。

在準備出發來東帝汶之前，我搜集過東帝汶歷史背景的資料，找到的資料不多，大多是圍繞一九九九年末的一件歷史性事件。

一九九九年八月底，東帝汶人民透過共同投票，宣布脫離印尼統治，正式獨立。這消息引發一九九九年九月一日大規模的暴亂事件，覆蓋整個東帝汶。這次暴亂由東帝汶民軍策動，印尼軍隊鼎力支持。這些不人道事件包括強暴、虐待、燒毀民居及較多人知曉的大屠殺。這個類似種族滅絕的大屠殺事件一直維持到二〇〇一年，由聯合國正式干涉，最終東帝汶於二〇〇二年中正式成為新的國家。而聯合國更在二〇〇〇年成立調查小組（Special Panels for Serious Crimes），調查一九九九年九月起涉嫌危害人類罪（crime against humanity）的指控及屠殺事件。當時有份蒐證及分析的法醫人類學家 Dr. Debra Komar 以當中處理過的一百零五個案件做了一些研究。

這一百零五個案例中，九十七名受害者被推斷為男性，三名被推斷為女性，而剩下的則是不能判斷（undetermined）[註一]。而於一百零五個案例中，有三十一名（三十名男性，一名女性）年齡推斷介乎十九至二十九歲，而第二高的組別是四十至四十九歲。

這研究結果跟我這幾天處理的骸骨的初步推斷是相對應的，心中總算有一絲絲的安慰，但依然覺得未能盡本分找出更多線索做更準確的推斷。放下筆記後，我立刻觀察骨頭有沒有任何創傷痕跡，無論是生前還是死後的，希望至少知道死前的他經歷了甚麼。

註

一、不能推斷的原因可能是該名受害人的性徵不明顯，或者兩性性徵均有部分反映，詳見《屍骨的餘音》第四章。

「骨頭都非常乾淨，沒有特別的壓力或創傷痕跡，唉！」我暗自嘆氣。另一方面，我憶起 Dr. Debra Komar 的後半部分研究，他指出如果是用槍朝著胸膛開槍的話，子彈大部分都不會於骨頭上留下痕跡，或是構成任何骨頭的損傷。在那一百零五個案例中，以鈍器造成的創傷最多，約有三十五個案例，與其他現代大屠殺相比，比率偏低，負責這項研究的法醫人類學家相信其中一個原因是兇器種類的選擇。由於當地以務農為生，當時屠殺事件所用的兇器都是就地取材較多，因此多為鈍器創傷。而第二多的組別則是沒有任何痕跡，約有二十六個案例。Dr. Debra Komar 隨後亦指出，如果骨頭的碎片少於全身骨頭的百分之五十，死者的死亡方式，甚至兇器也不能準確判斷。

這種挫敗感雖然不是第一次，卻異常難忘。一方面是來自當地警方的壓力，另一方面是自己的個人期許，希望可以為這些死者做些甚麼。

我經常被問到，為甚麼我那麼堅持要為逝者發聲？假設家屬根本不想知道一個答案，心存盼望他們失蹤的至親只是生活在世界某一個角落而不是離世，法醫人類學家堅持追尋真相會不會是好心做壞事？

以我們一般的工作來說，我們不會強求家屬接受我們提供的消息。有時候我們必須做 DNA 測試去鑑定我們的推斷，如果家屬不提供 DNA 標本，我們根本沒辦法跟從死者身上搜集得來的樣本做比對，也就沒有辦法確認他們是否有血緣關係。可幸過去數年，我被家屬拒絕的次數一隻手就數得完，真的令我很感動！

我很敬仰的已逝世的著名法醫人類學家 Dr. Clyde Snow，他在回憶錄 *Witnesses from the Grave : The Stories Bones Tell* 中記述了組成阿根廷的法醫人類學組織 Argentine Forensic Anthropology Team（EAAF）的編年史。EAAF 現時在世界各地都非常有名，是首屈一指的法醫人類學機構。一九八四年他們只是一群寂寂無名的研究生，以七、八十年代於阿根廷「被消失」的民眾骸骨作為骸骨鑑定實驗，其中 Dr. Clyde Snow 提到在有關綁架及謀殺罪的審訊當中，他在庭內展示了一名被害者 Liliana Pererya 的頭顱照片，並表示藉著照片，死者能夠告訴庭上的每一位她是怎樣被殺的——後腦位置被人以處決形式開槍奪取了性命。這一切都在她生下小孩後沒多久發生，她的骨頭，成為了重要的呈堂證供。犯案人以為在開槍後就不會再聽到及談到有關 Liliana Pererya 的事情，誰知道 Dr. Clyde Snow 改變了對方天真的想法。

◎國際死因調查的重要性

法醫人類學其中一個目標是要為逝者發聲，無論逝者是誰或是被誰滅聲，哪怕「兇手」是軍隊或是政府。除此之外，更會為那些被欺壓、壓榨的人發聲——被殺害的、被虐待的、被隨便拋到亂葬崗或無人塚的他們。他們被人視為「物件」，不受尊重及沒有尊嚴。法醫人類學在此時此刻擔當了一個重要的角色，它不只要找出誰是兇手，更要利用墓裡那被滅聲、被欺壓的「證人」找出事實的真相。而真相的背後，往往揭示了人性的醜陋與黑暗。縱然法醫人類學的工作充滿意義，但當中要處理及調查違反人道的行為，挑戰真的很大！

在人道主義調查中，家屬的參與非常重要。雖然聽上去好像很不人道（很諷刺是吧），但他們的參與能確認死者及生還者的身份。國際紅十字會（ICRC）發表的一份報告 *The ICRC Report: The Missing and Their Families* 指出家屬如果不知道其失蹤的家庭成員是生還是死，他們永遠無法開始療傷的過程。他們對失去親人一事依然會驚恐萬分。報告更指出，失蹤人士的後代的人生也會因為對這事件的憤怒、鄰居及親戚的嘲笑，以及事件的不公平、不公正而感到困擾（Future generations carry with them the resentment caused by the humiliation and injustice suffered by their relatives and neighbours.）。而這些負面情緒長久下去會令國家和人民產生鴻溝，撕裂社會的和諧。

經歷過災劫的社區及群體，這些人道及相關調查工作對於家屬，甚至生還者處理相關記憶是精髓所在！如果不能有效地處理受創傷家庭及家屬的情緒，社會復蘇的速度會大受影響。雖然說起來很矛盾，但知道屍袋裡死者的身份，其實比起多年的未知與恐懼，是會令人更加平靜的。知道死者的去向，可以令家屬將死者的離世連結到那件不幸的歷史事件上，而不是莫名的自責。家屬的記憶因此有了不同程度的改變，並突破了對未知的恐懼。

因此，法醫人類學家透過與亡者的互動有著影響生還者及其家屬的能力。醫療人類學家（medical anthropologist）Linda Green 寫道：人類學家走到自己的田野（領域）去研究、觀察及像海綿般吸收所有的矛盾、異同。這令人類學家同一時間成為觀察家（observer）及參加者（participant）。如果你以為法醫人類學家不在此之列，那就大錯特錯了！法醫人類學家雖然在日常不會接觸死者家屬或是任何跟亡者有關係的人，彼此沒有任何交集，看上去好像我們只把自己視為科學程序的一部分，但這絕對不正確，特別是在國際人道調查及救援的層面上。

法醫人類學家在處理亡者及接觸與亡者有關係的人時，就等同於他們允許亡者在世的親屬影響或改變他們對亡者的認識。換句話說，透過接觸亡者的親屬，把亡者的屍體人物化。骨頭，不再是單純的骨頭，是一個人一生的故事及傳記。我們研究亡者的骨頭特徵及病理以提供並揭開相關的證詞，以交代一個人的結局，換取其一生過去的故事。

◎法醫人類學家的雙向視線

可是，事實永遠是殘酷的，人亦是感情為主的動物。當法醫人類學家踏進這個畫面時，雖然我們是經常接觸死亡，我們亦是被訓練出來接觸死神的，但我們仍會有覺得不舒服的時候，特別在災難性及反人道事件中。一方面，我們會盡最大的努力去把墓穴裡亡人的證供和盤托出；另一方面，我們亦會對於家屬需要經歷這一切感到很抱歉及遺憾。換句話說，法醫人類學家有雙向視線（double-vision）。一方面必須視死者為違反人道罪或行為的證物，而另一方面則感受到死者為某人的至親。諸位法醫人類學家都認為這個雙向視線是法醫人類學家的「必需品」。同時要緊記，不能只讓理性存在，同時亦不能感情用事。感情及理智需要並存。

家屬有權利知道失蹤家人的命運及結果。人道組織的介入、干涉及調查，以及受害者的身份鑑定，可以比喻為一個療傷的里程碑，令家屬清空一切未知與惶恐。只有這樣，我們才能協助受傷家庭重新振作，而雙向視線就會以宏觀姿態融合成為一體。

雖然不論我們多努力，也是無法令亡者起死回生，卻可以令他們的聲音就算到了六呎以下都能被聽見。以這些不幸事件為例，法醫人類學必須以極高透明度參與，好讓家屬清楚了解他們至親死前的一刻，並準備面對已經沒有辦法倒帶重來的人生。從事這個專業久了，就會慢慢覺悟道，這個全球性的法醫科工作不只是抓兇手那麼簡單，最重要的是把過去及將來連結起來。過去，是到底眼前的他們經歷了甚麼；將來，是重新振作的力量。不論世界各地的歷史背景、政治、宗教如何不一樣，這些人的死都帶出了與人性有關的答案。

每次讀到任何有關歷史裡曾經發生過，或是現正發生中的屠殺、種族滅絕事件，受害者及生還者的親眼親耳所聞，都不禁令人心頭揪緊、鼻子酸酸、眼睛起霧，可以想像到他們當時被逼到牆角的慘況！縱使有機會逃出生天，但如果得知所有最深愛的人都被殺害，倖存的喜悅也會在瞬間一掃而空。

◎從骨頭中尋找公義

不少人或許會疑惑，我是如何承受得了處理這類大災難、大屠殺的屍體？我可以清楚肯定的告訴大家，在我眼前的並不只是死亡，而是骨頭及牙齒。前者，是我不能改變及不能更改的事實；後者，則是我能處理的範圍。這種處理並不只是想說能否將骸骨清潔乾淨這麼簡單，而是我清楚知道我是在為亡者辦事，服務對象甚至是更大的社群——全世界類似事件的受害者。因此，對我影響最大的不是骨頭，而是周遭的環境或物件在提示我要更全面地了解死者的經歷。

這些能牽動情感的細節，可以是被破壞掉的擺設品，或是房間內的血濺痕跡。我曾於柬埔寨金邊參觀赤柬將一所中學校舍「改建」的S-21集中營，教室裡帶著血手印的牆壁、連著已經生鏽的手銬的鐵牀架、天花上的血濺、戶外的行刑工具等，相比我處理的骨頭，上述環境展示出更多的暴力及傷害。另外，被稱為「堆屍陵」的Killing fields，處決人數估計有二萬人，而最惡名昭彰的是後來被稱為Killing Tree的大樹。當時為了省下子彈，赤柬士兵抓著嬰兒的腳，將他們的頭撞向樹幹，撞死後便順勢扔到旁邊的坑裡。這棵樹後來被發現時，不但佈滿血漬，甚至是腦漿。我聽著導賞錄音，看著眼前這些遺留下來的物件、樹、天花，那些畫面彷彿在我眼前閃過，不禁落下淚來。

這幾天，辨識身份及提供線索上的無力感，令我憶起這邊大屠殺的背景，並一再懷疑自己是不是有任何地方做得不對。填寫好整份表格需要的資料後，我發現所有指骨都齊全，突然想起最開初找到那一塊被砂石裹著的「骨頭」。把它拿到手上再仔細檢查，發現裡面的確有類似象牙色的物質被裹著。我走到洗手盆邊，拿著牙刷，沾一點點水，嘗試慢慢將外層的砂石刷走。

終於，那一層砂石被我刷走了。把它洗乾淨後，再仔細看一次，希望能確定這到底是甚麼玩意。

「這塊……這塊絕對不是骨頭！」我暗想，「頭尾末端都有經過打磨的痕跡！到底會是甚麼？」我邊想邊拿起工具包裡的放大鏡，仔細檢查一番，發現很有可能是從石頭之類的物質打磨而成。

下一秒要發生的事有點不太專業，但我已經豁出去了！

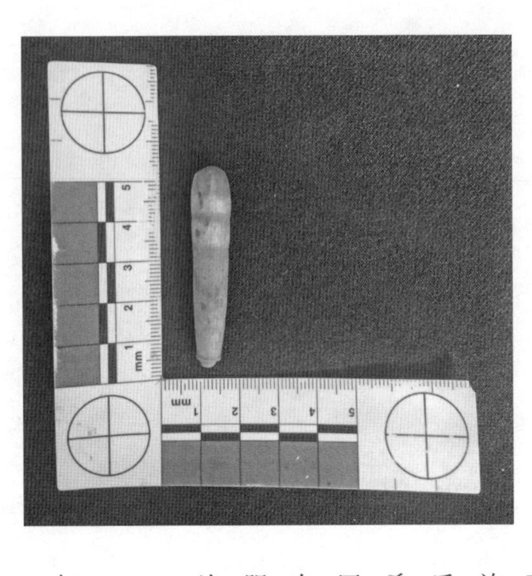

我右手依然拿著這一塊顏色像骨頭，但有經過打磨的物質，左手已經機械式地拿起旁邊的一個小證物袋，把右手的這件物件邊放進去，邊拉開解剖室的門。走出解剖室後，反射性地向左拐，走過一個又一個的解剖室，希望可以找到一個當地人確認這到底是甚麼回事！終於來到走廊的盡頭，在會議室內找到在幫忙準備午餐的Roberto。我急步跑上前，跟他慢慢站起來連帶微笑的態度形成強烈對比！

「Hello, Doc!」他笑著說，「午餐還沒做好呢！」

「我不餓！」我說著便舉高手中拿著的小證物袋，「我想問一下這是甚麼？」語畢，我發現他好像有點茫然，才發覺自己一路忘了脫口罩，我的眼神好像嚇到他了。我連忙把口罩往下拉。

他看我這麼緊張，便收起笑容，接過我的證物袋，仔細檢查後說：「這是我們東帝汶人的護身符。」繼而用非常肯定的口吻解釋道，「我們東帝汶人一出生，家人就會幫我們找護身符，並叮囑我們要永遠帶著，可以保平安，直到我們死的那一天。」

我聽後隨即瞪大眼睛追問：「如果我要把這個護身符用作找尋這名死者家屬的輔助條件，會有幫助嗎？」Roberto 隨即點頭說：「要是知道來自哪一個地區，或在哪一個地區發現，將更有效，因為每個家庭的護身符都不一樣！」

「太好了！」我當下心情異常興奮，有種衝動想上前抱著 Roberto 說多謝，不過下一秒，我即意識到要維持專業形象，只好努力抑制著興奮的情緒，故作鎮定地回道：「這樣吧，我先拿回去多拍幾張照片，然後優先整理這個案件的骨頭資料，好讓你們馬上準備去尋找家屬的文件。」

「沒問題！今天下午我們沒有既定的案件要處理，我會回去跟我的組員說一下，盡快準備的！」每當我們完成一件案件時（意即把所有相關的文件都上繳後），往後也會不定時想起，原因是很想知道最後有沒有「BBQ大團圓結局」，或是有沒有做到儆惡懲奸的效果。接過證物袋後，我回到解剖室，專心準備照片、文件等資料及報告。面前海量的文書工作及幾副骸骨，甚至是櫃裡不同的骨頭，彷彿時刻在提醒我已沒有多餘的時間去想死者家屬的感受，又或者為死者而難過。當下必須保持理智令自己繼續前進，不要被負面情緒影響工作。所以，有人問我會麻木嗎？我不會！因為每一次的成功，每一次的難過及失敗，我都真切感受到。

或許，你認為我可以用骨頭作為減少與家屬交流的原因，在我最初從事這項工作時，我真的也這樣認為，覺得這是可行的，但是我錯了！原來我們的專業，是要成為家屬及死者之間的橋樑。然而，我必須對家屬保持情感上的距離，這才能令我對眼前的屍體——不論是小孩、嬰兒還是成年人——的每一份憐惜、悲傷、同理心、對人性的絕望收起，用百分之百的專注力去還屍體主人公義。這份異常的專注力不停的提醒我，這是我一直夢寐以求的使命！特別在這類型國際人道工作過程中，我會是那名提供答案、解釋的「關鍵人物」，是義務，亦是公義。那，公義又是甚麼？我們能找到它嗎？

公義，不只是一個蓋印、一張死亡證，它可以是社群對亡者的認可與認知；一個對家屬來說的圓滿答案。

真相，不能起死回生，但能讓亡者的聲音被聽見。

"Bones are all that survive of the body. They are keys to our collective past and reminders of our own mortality, so it is no mystery that they have a magic aura for artists, for the faithful of many religions, for collectors, for all of us."

「骨頭，是肉身唯一可以留下的東西。它們是我們對過去的鑰匙及對我們自身死亡的提醒，所以對藝術家來說有神奇的氣場，對不同宗教有不同意義，這都不是新鮮事；對收藏家也是，我們也是。」

Barbara Norfleet, *Looking at Death*

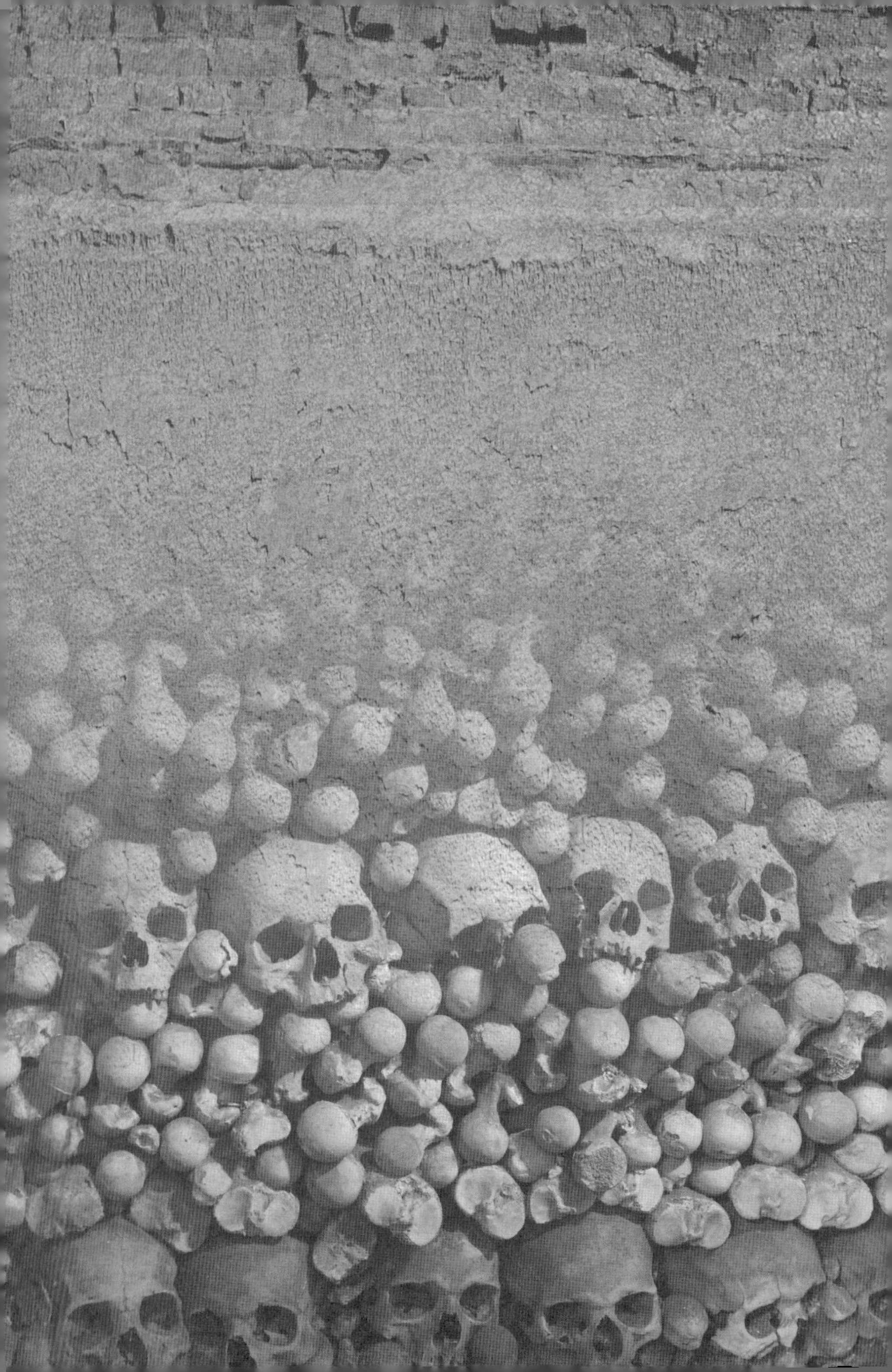

第十章 骨頭的神秘氣場

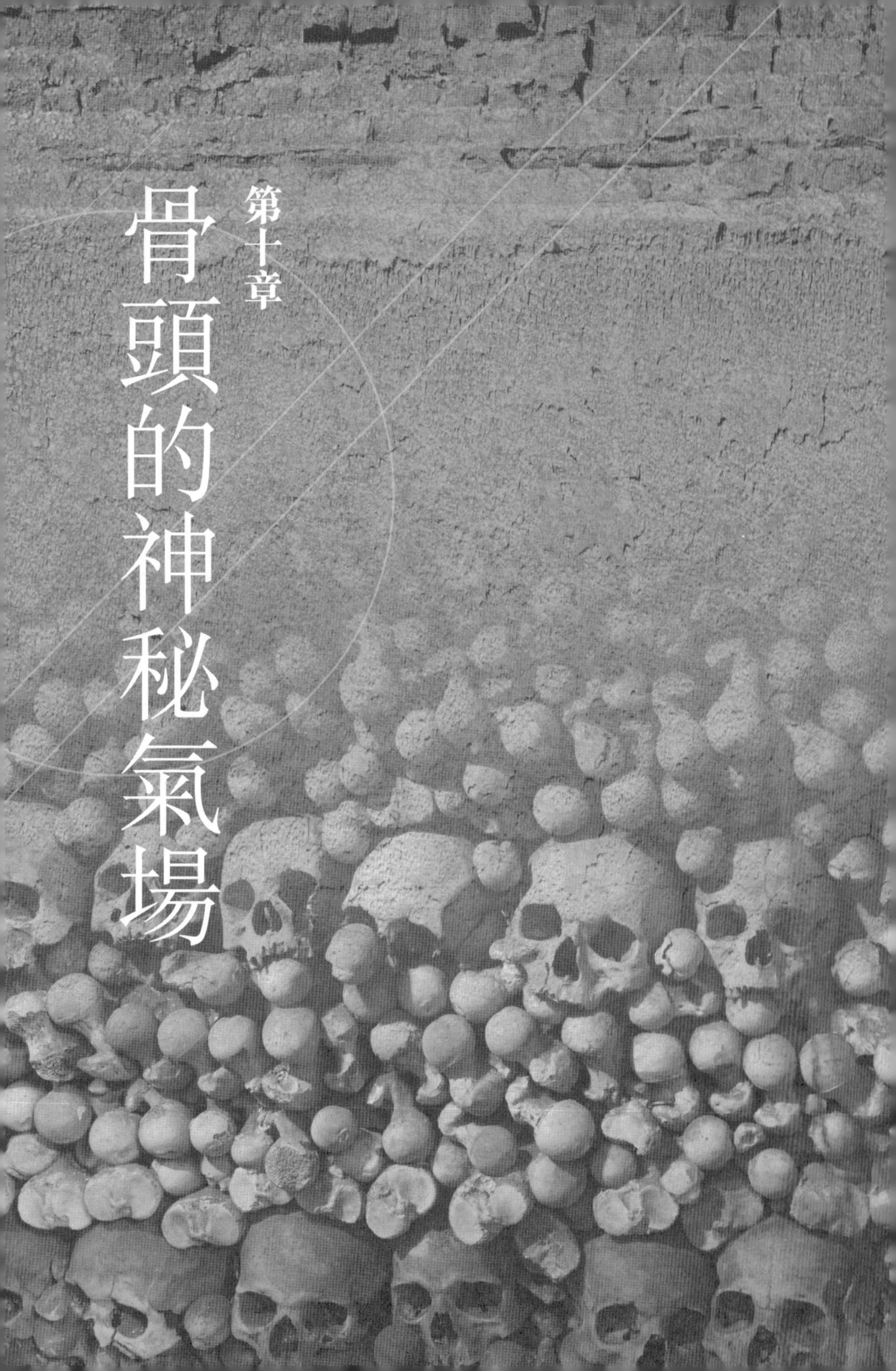

在塞浦路斯給學生上的「雞精班」（詳情請看第五章），有一種骨頭是我們幾乎都沒有人願意提起，甚至去教授我們的實習生。但這天終於到來！

實習生們機械式地分成三至五人一組，我隨機把四個銀色箱子及一個紙袋分發給他們，並向他們簡述：「在你們面前的是幾箱嬰兒及小孩子的骸骨。」我剛說完這一句，已經看到他們表情、眼神、目光焦點的轉變，紛紛定睛注視著箱子，實驗室裡的氣氛頓時變得沉重。我接著說：「你們必須十分小心地處理骨頭，因為嬰兒和小孩子的骨頭比成年人脆弱及易碎。若掉了任何骨頭碎片到地上，緊記要立刻撿起來。」我吸了一口氣，把他們的表情全看在眼裡，「你們的工作跟平常的差不多，利用眼前的參考資料及上午教授講過的不同方式去推斷你們眼前小孩子的年齡或週歲。」我繼續說，「有任何問題可以找任何一位助教幫忙。如果你覺得難受，可以慢慢來！今天下午我們只處理眼前的這幾名小孩子。」

◎「初哥」面對骸骨的眼淚

嬰兒及小孩子的骨頭很容易碎裂，所以在每個箱子裡都有額外的袋子或包裝把骨頭裝好，多半都是就地取材，例如：枕頭套。實習生們把骨頭取出後，嘗試慢慢地辨認骨頭，以及按照解剖體位把骨頭排好。這其實有一定難度，特別是初生嬰兒，他們的骨頭還沒有完全的發育及成長，必須依靠經驗及觀察力去分辨細節。

要推斷嬰兒的週歲年齡或歲數，較多學者選用的方法有兩個，分別是依據嬰兒四肢骨頭的長度及牙齒的生長次序。如果是已經有半歲或以上大的小孩子，可以從乳齒生長的速度及次序等推斷到大概的歲數。如果是差不多足月或剛出生的嬰兒，就一般只選用量度四肢長度這個方法，而這個方法無論用於幾個月還是幾週大的骨頭，都是相對準確。

大約半個小時後，我從處理其他挖掘工作的地方回到實習生的基地，看到他們很努力地排好嬰兒骸骨，並以骨頭長度嘗試推斷嬰兒年齡。在我很滿意他們的工作進度的同時，卻注意到其中兩名實習生眼睛通紅，我隨即問了一句：「你們還好嗎？」她們看著我，強忍著淚水點頭。「你們可以慢慢來，別急。」我向她們微笑著説。她們亦向我點頭，示意能夠應付得來。她們深吸一口氣，就回到自己的工作站。我亦沒有想太多，便到實驗室的另一層準備翌日挖掘的工具。

約莫二十分鐘後，我隱約聽到有人邊飲泣邊跑到實驗室的樓梯，再往出口跑去。我於是回到實習生工作的基地看看發生了甚麼事。我看到有兩個工作站分別缺了一個人，正是剛才眼睛通紅的兩個實習生——Natalie 及 Katie。同時我看到她們所屬的其中一個工作站上多了一雙粉紅色的小女孩鞋子及襪子，這雙鞋襪都被泥土染成泥黃色。其他正在工作的實習生看著我說：「我們剛剛推斷了小孩約六歲左右，Natalie 隨後就開始狂哭。教授看到，就叫她出去透透氣，冷靜下來後才回來繼續。」

我點頭示意明白，然後走到另一個工作站，正在工作的 Anna 抬頭，有點無奈地跟我說：「我這邊也是，我們在推斷眼前的小孩約三十六至三十八週歲，然後 Katie 就開始哭了……教授剛剛看到，也請她出去冷靜一下。」「好的，我明白了，謝謝 Anna！」我回應說。接下來的半天，Katie 及 Natalie 都沒有回到實驗室，我們也不會勉強她們。

十八世紀的荷蘭植物學家及人體學家 Frederik Ruysch 曾寫道：「死，不放過每個人，就算那些不會掙扎的嬰兒也是。」（Death spares no man, not even the defenseless infant.）每當有人問我有沒有哪一類屍骨在處理時是最難過的，我都會二話不說：「嬰兒！小孩子！」這是我的標準答案。Natalie 及 Katie 的反應其實很正常，回想自己第一次看到胎兒被解剖的那種震撼，那種無力及難受，真的有過之而無不及！

這也延伸至我經常被問到的問題——到底我是如何面對這麼多死亡。我相信每一位法醫科的同行都會說因為我們是科學家，我們除了工作外，更要為家屬及死者提供服務，因此任何情緒都必須靠邊站。對我來說，最大的難題是展現同理心的同時，又要提醒自己必須保持理智，凡事以科學為先。如果我表現的只是前者，一切都會失控，情緒會像雪崩般崩裂。因此，我清楚知道工作時我必須跟眼前的這一位亡者保持「距離」，這樣我才可以好好了解他的一生。有意義的人生及生命是賦予短暫時光特別的意義，令死者就算意外地終結了短暫的一生，但仍能活得有尊嚴。秉承著這個理念，因此法醫人類學家會於國際法庭，甚至一般刑事訴訟等擔當專家證人（expert witness）。

◎法庭上的科學和公義

專家證人的首要工作是以極度簡單、淺白的字句去為陪審員，甚至律師解釋所謂的科學理論及詞彙。學者 Claire Heald 寫道：「只有專家是唯一（於庭上）能提供意見而不是事實的證人。」（The expert is the only witness called to give opinion, rather than facts.）因此，專家證人可按照個人經驗及科學文獻等途徑作供。專家證人不是必須的，只要陪審團一致認為他們明白案中的科學理據，就可以不必找專家證人作供，而對其接納性更是取決於陪審團。

與科學同樣一日千里的是科技，而法醫人類學可說是集兩者之大成，法醫人類學當中的一些推斷方法亦按著兩者的大躍進模式前進。特別於現今資訊爆炸的時代，法醫人類學家除了要定時更新及理解專業領域內的最新技術，更要小心採用讀到的研究，並必須謹慎考量到底這些方式是否適合運用。

專家證人必須緊記的是：我們不會贏或輸。反之，要注意到底哪一類假資訊會對公眾造成長遠影響。由於作供對公眾影響深遠，專家證人作供時的首要條件是要使用陪審團，甚至檢控雙方律師都能理解的簡單詞彙。你可能會問，怎麼可能律師會不明白專家證人所展示的證據？原因很簡單，因為律師及科學家於庭上所用的「語言」並不相同。科學研究是專門設計來偵測錯誤及排除不可行的理論（theory）。同時，科學是藉著客觀方式解釋現實世界及不停重複引證。

然而有時專家證人在法庭中也未必可影響判決，以多採用專家證人的美國司法制度為例，這是一個以「案例」（precedent）為前提的國家。換句話說，律師們不是光看客觀理據，更重要的是要考慮之前的案例中法官如何判決，甚至解答這些問題。跟日新月異的科學相比，法律相對的持之以恆。就算有道伯德標準（Daubert standard），法官都以案例為首要考慮因素。

如果你有印象，我在《屍骨的餘音》隱約提過道伯德標準的主要功用是用來替法庭「守龍門」，以確認庭上展示的科學理據來自真實的科學知識，而不是單純個人意見。它的作用是保持一貫司法機關的肯定性，但同時道伯德標準亦挑戰了司法制度的穩定性。[註一]美國法庭更於二〇一一年修訂道伯德標準時指出，科學領域上的肯定或認同（general acceptance）與法庭上的定義絕不相同。洛杉磯的退休鑑證室主管 Mr. Barry Fisher 反問道：「到底是甚麼時候開始，統計學家或律師有權去定義何謂可靠的知識、何謂科學化？」他認為所有證據的「重量」應該由陪審團去決定，無論是有關還是無關重要。因此

註

一、有關道伯德標準（Daubert standard），可參考《屍骨的餘音》第九章。

在專家證人作供時，律師們必須懂得問「對的問題」，令席上的專家準確回答。Mr. Barry Fisher 表示對於律師們因為法學院沒有特別教授法證科的知識感到難過。

運用鑑證科學及法醫科其實是一面雙刃刀。除了要改進司法制度的相關認知外，專家證人的質素亦是重要一環。專業操守、道德觀與專家證人的關係如像鐵三角一樣。非常有名的法醫人類學家 Prof. Alison Galloway 指出雖然每個國家、地域的文化及法律有所不同，繼而影響到法醫科，甚至鑑證科學的運用，但背後的框架都是大同小異。除了可以回答「是」或「不是」外，科學家其實亦有第三選擇——「我不知道」。我們以科學為先，就必須承認科學不能解釋所有。

的確，因為各類劇集對鑑證科學及法醫科的追捧造就了「CSI effect」，令大眾容易接觸到這兩門學術領域，但同時亦戲劇化了科學的一絲不苟，或利用不同視覺效果或戲劇效果誇大了科學的效用，甚至結果。這令到部分陪審員對於專家證人於庭上解釋科學理論時有一些來自劇集的幻想，絕對不理解科學的限制，甚至因為與電視情節的不相符而質疑專家證人的分析方法。

◎骨頭的經濟價值

科學是中立的，它不可能提供一個立場，也未必能提供一個確實的答案，甚至科學好像對任何案件中的受害人都是冷冰冰的。其實骨頭也一樣，它是最純粹、最中立，也是最冷冰冰的「證人」。但是，人類對骨頭的迷戀，甚至恐懼，其實已經超過二千年。

日常處理屍體或是挖掘骨頭，我都感覺到我在跟死者溝通，彼此是有連結的！認識我的人都知道我對古埃及文化有一定程度的迷戀。從我的專業及考古的角度出發，我發現把人體骸骨當成科學經濟的發展工具，無論從古到今都沒有停止過。

人的骨頭比一般肉身存在於世久一點的時間，而很多人接觸到骨頭都會油然而生一種恐懼感，有商人就利用骨頭可久存的特性及衍生的感覺而製造商機，令它們成為每年萬聖節的主角。二〇一五年萬聖節，一家英國倫敦酒吧就以真實的頭骨作為其萬聖節特色飲料的酒杯。二〇一七年中有新聞報道指一印度小村落，警方發現共三百六十五件人骨，懷疑這些經過雙氧水處理的人骨會轉售給醫生及醫學院。警方相信這些骨頭都是來自河流中腐化的屍體，估計有人把屍體打撈起來再作處理，然後經黑市轉售。印度曾經為人體遺骸販賣的主要來源，但於數十年前已正式禁止。

可能大家對骨頭買賣感到陌生，事實上於發達國家的醫學生，通常都可以用相等於一本醫學書籍的價錢購買到一小盒人骨標本。這些標本的來源大多來自未經許可的骸骨，沒有證書確認標本的由來。其中印度由於宗教或社會原因，屍體都會放到水上（如恆河），讓屍體自然腐化。這些經家屬放走的屍體是否就等於可以任用於其他用途上？暫時法例都只禁止銷售人體遺骸及器官作移植用途，卻沒說明購買是犯法。因此，黑市的供應依然有需求。

此外，法律存在灰色地帶，例如只要不是用來作醫學研究或器官移植，不少機構都可以接受捐贈，但不代表可以用作公開展覽之用。如果在網上搜索一下，不同拍賣網都有人骨「複製品」供拍賣，冠上「複製品」一詞便能公開地於互聯網發售（這跟我在《屍骨的餘音》寫過人體奧妙展的問題有密切關聯）。這種種把骸骨視之為商機的做法在人類歷史文化上並不罕見。

◎南美洲的縮頭術

如果參觀過歐洲部分博物館，可能有機會看過一些碳黑色展品標示為來自南美縮頭

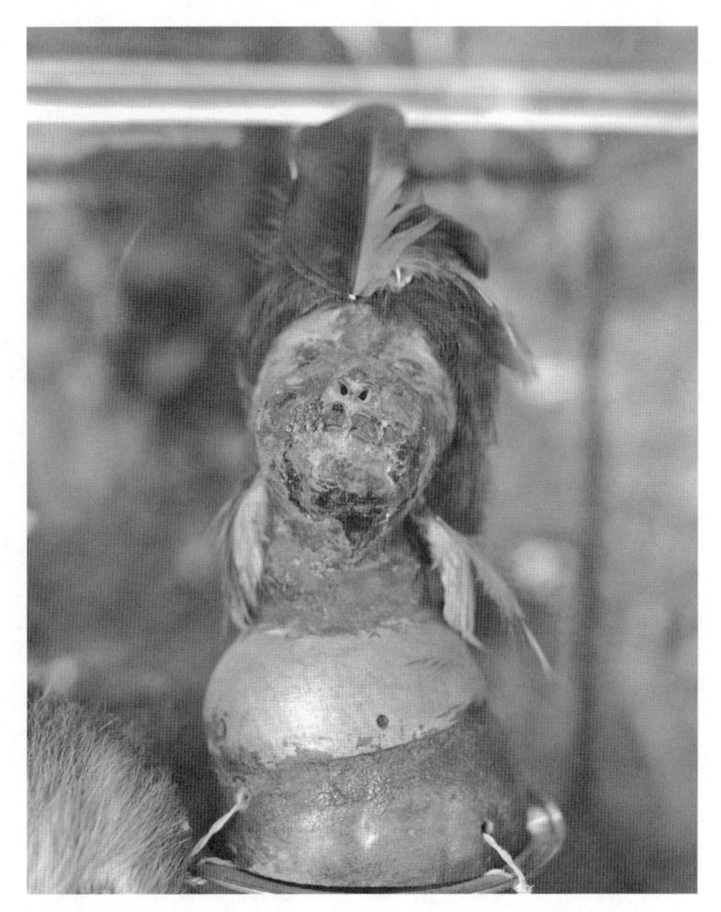

縮頭術的製成品。

術的製成品。參觀者都不禁讚嘆或驚奇到底這些是不是真人頭。英國一家博物館亦有此迷思，於二〇一六年把其中一個展品拿去做 DNA 測試。縮頭術一直在世界各地流傳，足跡遍佈多個角落，卻只於南美洲亞馬遜盆地地區找到紀錄。

居住於厄瓜多爾境內的舒阿爾族（Shuar Tribe）原住民的縮頭術（Shrunken Head），一般被西方國家視為不文明、暴力的行為。其實縮頭文化源於當地對靈魂的信仰，他們相信一個人被殺後，他的靈魂會被困在頭裡。舒阿爾族基金會（Shuar Federation）前主席 Felipe Tsenkush 指出在六十年代已經正式廢除了縮頭術。他說縮頭術是他們獨有的文化，帶有勝利、權利及驕傲的象徵意義。他又指出，由於這些頭顱有的是來自決鬥或戰爭中砍下來的敵人人頭，因此縮頭術的做法亦有實際用途，能夠把靈魂封印，確保家人安全。

這些以縮頭術處理過的頭顱名為 tsantsa。戰士們相信透過儀式處理過的頭顱能夠癱瘓亡者的靈魂，防止他們為自身的死進行報復，亦同時將亡者的力量全轉移到殺死他的兇手體內。製作一個 tsantsa，大約需要以下三個步驟：

一、拆骨（deflesh）

戰事結束，收集好頭顱後，首要的是把頭骨取走。做法是於頸背後雙耳的底部弄一個切口，掀開這塊皮，慢慢把皮從頸向頭頂、再向臉部拉，目的是要把頭顱及皮分離。在頭骨與皮肉分離後，頭骨便會被掉去。然後，用利器（如刀片或木條）把臉部特徵的肉、耳朵及鼻的軟骨去掉。之後會把眼簾縫上，此舉可防止亡者靈魂從眼孔看著你。繼而把雙唇縫上，此舉則有防止亡者提著要報復的意思。按照目擊者的説法，此過程可以快至十五分鐘內完成。

二、燉（simmer）

以特製器皿取水煮沸後，把縫好的頭顱放到煲裡燉一至兩小時。取出時，頭顱會比原先下水前縮小了一點。頭顱會內外反轉，把剩下的肌肉、軟骨及脂肪去掉後，就會把頸背的切口縫起。

三、後期加工

現在應該只剩下頭顱跟頸部的連結口，把熱沙及熱石從這個切口掉到頭顱裡。加入熱石後必須不停地把頭顱輕度搖晃，以防止過分拉扯頭皮以致變形。當頭顱沒有空間再放入熱石，便以熱沙取代。直到最後大小剛好，沒有多餘的空間時，就會以熱石加強臉部特徵，然後再吹乾。整個過程約六至七天左右。

完成製造 tsantsa 後，部落裡會舉行一頓慶祝盛宴。在這一切過後，縮頭術的製成品已經完成任務，很多時候都會被掉到河裡、森林裡，甚至給小孩作為玩具。對這些戰士來說，重要的是製作過程而不是製成品。製作的人一般是祭司，對象一般是男性，因為以前上戰場的都是以男性為主。不過，這不是二〇一六年英國博物館得到的鑑定答案。被送去做 DNA 化驗的 tsantsa 最後得出的結果為女性。按照博物館的理解，這本來是一個祭司（shaman）的頭，由於他被邀去為一小孩治病，最後失敗收場，小孩的父親就把他殺掉。為何事件的真相跟紀錄相差那麼多？

十九至二十世紀，歐洲的探險家對南美族群的風俗感到異常好奇。他們把這些頭顱搜集後拿到歐洲，一方面用來做貿易，一方面說是用來搜集不文明行為的證據。但由於有如此熱烈的需求，當地人願意用這些頭顱來跟歐洲人交換武器（例如：槍）。繼而，有部分的製成品是利用猴子、山羊的頭來仿冒仿製，又或是專門去殺害某些人，以取得頭顱去製作 tsantsa。這個商業縮頭術丟失了原本的宗教及文化意義，反而連累了很多無辜性命，令南美的部分家庭與家人世代分離。英國藝術家 Ted Dewan 因此特意寫信給牛津大學的博物館 Pitt Rivers Museum，把自己的頭部捐出來做縮頭術的展品，希望博物館會把現有縮頭術的館藏全數歸還南美相關地區及他們的家人。

◎異地骨

骸骨跟一般博物館展品完全不同。一九九〇年，美國原住民經過多年抗爭後，終於成功爭取美國政府訂立一個法律監管的程序，用意是把他們祖先的骸骨、殯儀用品及相關文物逐步送回他們的保護自治區（Reservation）。截至二〇一七年，共有超過五萬七千件骸骨及超過一百萬件陪葬品已送回原住民手上。一名於博物館館藏室工作的專家寫道，「曾經有美國原住民到館藏室參觀，並示意職員把館藏室的燈關掉。他們同行的長老隨即燃起了一束鼠尾草（sage），以其帶有甜味的煙淨化空氣及吟唱歌曲。長老後來表達說，他有責任令祖先們知道他有關心及記得他們仍然在異鄉。」這種把在異國展出的文物送回原國手上的舉動不限於美國及其原住民，其他包括：美國送回紐西蘭，美國送回阿拉斯加原住民，德國送回澳洲，澳洲送回日本，甚至從日本的北海道大學送回給日本小島上的原住民。

交還異國骸骨這個現象幾乎是博物館界，甚至人類學界這幾年的重點題目。美國原住民曾表示他們不反對科學，他們不滿意的是在沒有得到認同下，以科學的名義偷取了他們祖先的屍體，漠視他們自身的文化。藏於世界各地屬於不同原住民文化的展品及骸骨都代表著以前對於原住民文化、原住民本身的不尊重、壓榨、欺壓及不人道表現。侵略者抵達一個新的地方時，把眼前所有的都視為新發現，或是「不文明」（primitivism）的證據，甚至訛稱是古人類。

除了上文提及的縮頭術之外，另外最令展覽參觀者著迷的異國展品可算是來自古埃及的木乃伊。大家被木乃伊吸引的同時，很多人卻忘記了木乃伊的故事其實是由一個人的死亡開始，而古埃及木乃伊的出現是為了令死者可以順利到後世生活。

古埃及的木乃伊製作幾乎可以稱得上是一門專業，牽涉的專才包括石棺及棺材製造工匠、祭司等，這些殯葬儀式及步驟卻是不知不覺地把死者從其家人手上奪走，家人還沒有好好道別就被迫與死者分開稱為是儀式的一部分。七彩斑駁的墓穴壁畫及石棺、金字塔的建造、重量以噸計的石棺，目的都是把墓穴主人封印起來，與我們這個世界隔絕，好讓他可以順利走到後世。誰料幾千年後其中一些卻走到不同的博物館展覽室裡。部分木乃伊雖然現在多淪為世界各地博物館的展品，但不要忘記他們都曾經是一個活生生的人。透過他們，我們了解到古時的人跟「死亡」的關係，以及他們的生活習慣，猶如走了一趟穿越時空之旅。

在科技還沒有進步到可以透過電腦掃描去仔細檢查木乃伊的時候，很多考古學家都會把木乃伊的繃帶解開，但同時亦會「手多多」把木乃伊的陪葬品，例如項鍊吊飾等「順手牽羊」。這種噁心及不道德的行為極不可取！今天的科技已經令我們可以透過電腦掃描以三百六十度立體呈現繃帶下的狀態，不拆開也可以研究說故事。木乃伊不應該只是關於繃帶下到底有甚麼，而是他到底過了一個怎麼樣的人生，到底他是誰。這也是當代每一個木乃伊展覽、甚至任何關於人體遺骸的展覽必須呈現的態度。

每個展覽都會想以多媒體、文獻、各種燈光，甚至聲效幫助參觀者回到從前，我亦不太反對此做法。始終我們要想像的是幾千年前的事，實在非常不容易。但必須留意過分戲劇化的表達有可能會提供了錯誤資訊。緊記整個參觀過程我們都是與死者作伴，無論他是於石棺內外。同時，參觀者不應只注重美麗的石棺、閃閃發光的陪葬品，而是應該留意棺內躺著的那個人，以及他或她（甚至是牠及它）要你聽的故事。

◎對骸骨應有的尊重

那麼，參觀博物館時，我們應該抱持甚麼態度？其實很簡單，不要以觀看展品角度去看；反之，可以視作一次認識不同時代朋友的機會。的確，眼前的木乃伊都曾經是人！雖然他們不能為自己明辨或做些甚麼，但我們不可以否定他們曾經是活生生的人。當你從人性化角度去嘗試理解木乃伊的故事，你的感受及體驗會很不一樣。如果恰巧木乃伊有名字，可以嘗試以名字稱呼他或是她，而不是按照奇特的外觀或造型替他們「改花名」。無論你有否宗教信仰，你甚至可以為他們祈禱、靜默片刻。

如果你懂得對社會不公義、人權、種族歧視等全球人道議題發聲，尊重木乃伊只是顯淺的道理。你可能會問，為甚麼我要特意寫這長長的一篇文章去講一個從小到大都聽過的道理？哈！當你在奧斯威辛集中營聽到過有人用廣東話在處決場說：「其實都無死得好慘啫，都無好似佢哋講到咁殘忍、不人道呀！」你就知道「尊重」的小道理不一定是人人都懂得的常識（common sense）。記住，木乃伊裡的人本來就沒有要當展品的意願，這只是偶然，說不定有天我們「他朝君體也相同」。

話說回來，當我看到此章開首提到的實習生因為小孩子的骨頭而哭時，其實我是感到舒暢及安慰的。我至少知道對她們來說，這些不單止是骨頭那麼簡單，她們真的有將心比心，沒有忘掉法醫人類學當中的「人」，不會單純的以為眼前只是學習材料而已。一雙筷子不會吃飯，一幅畫作未必可以跟你凝望，一本書不會思考，但這些物件都會引發人去感受、去行動、去誘發記憶。透過它們的形象，它們於文化中有不同的功能、歷史角色，它們對不同人都有獨特的力量及影響力。這個理論亦同樣適用於人體骸骨上。它們是一個非常獨特的媒介，它們延展了一個人一生的傳奇。跟其他會誘發記憶的事物一樣，每個人都會被它吸引或相拒。如果從歷史角度看，它們可以令我們思考生命；用在宗教哲學層面，則可以令我們考究死後到底是甚麼一回事？

我個人不反對公開展示人體遺骸這回事，不論放到公開展覽，或以屍體作為教學用途。問題是有沒有拿到許可？展示途徑是否合適？不要忘記的一個重點——這也是別人的親屬。

任何一具骸骨，無論完整與否，都曾經是活生生的一個人，都應該被受尊重，以尊嚴相待。

"To the living we owe respect, but to the dead we owe only the truth."

「於生者我們有欠體貼，但於死者我們只欠真相。」

Voltaire, *Letter to M.de Gernoville*

伏爾泰《致杰農維爾書信》

"To forget the dead would be akin to killing them a second time."

「遺忘死者猶如二度殺死他們。」

Elie Wiesel, *La Nuit*

埃利·維塞爾《夜》

結語

死亡之冊

數以百計的女性站在河中，被槍指著，聽著不許動的命令。另一邊廂，一整列的士兵對著一名緊抱著兒子的女性發出指令。

下一秒發生的事，簡直是瘋狂——孩子被搶去並活生生的扔到火堆裡，這名母親被拉到一所房子裡遭強暴。失去兒子的同時被強暴，在這之前，更是失去了所有的兄弟姊妹及母親。與這一切比較起來，她身後被燒毀的家園，根本是小巫見大巫。

這是一名緬甸羅興亞難民的故事。而故事如此，並不是個別案例，而是到今天都依然恆常發生中。

生還者描述政府的軍隊殺害嬰兒、斬去男孩的頭顱、成群結隊地強暴女孩、把一個又一個手榴彈拋進房屋將屋裡的人活生生的燒死，以及把手無寸鐵的男人聚集在一個地方集體屠殺。有救援組織於難民營內看到小孩所繪畫的圖畫而被嚇到，因為畫中都是各種持槍搶劫、殺人的場面。

這種屠殺事件，並不是歷史上首見。美國的集中營紀念博物館於二〇一七年年底發表了一份深入的報告，列出所有可以證實這次為種族滅絕大屠殺的證據，促請政府及國際間達成共識，協助救援這些難民脫離苦境及盡早結束這次不人道事件。每次當我讀到這些不人道的歷史及新聞，都令我很憤怒！同時，另一邊廂，亦激發我想起最初想成為法醫人類學家的初心。我認為，透過任何的法醫及法證專業，我們都可以讓大眾聽到逝者那值得被聽見的聲音，特別是因為戰爭、衝突及災難等無辜犧牲的「他們」！

◎亡者與生者的微妙關係

如果你問我到底是甚麼時候開始對這方面有興趣的話，可以追溯至初中時期的我。後來因為大學修讀哲學的關係，我更開始研究「死亡」這個命題。在華人社會長大的我，以前跟隨家人去掃墓祭祖，對我來說都是傳統儀式而已，但長大後我卻慢慢發現亡者跟生者有著一個很微妙又親密的關係。

每年清明節，應該是華人社會最不忌諱論及死亡的日子。我們會相約親友到祖先墓前為墓碑清潔、送上鮮花，猶如一家大小去探親。另外一個相對比較接近亡魂的日子，相信是每年農曆七月鬼門大開的時候。這兩個特別的祭忌日子大概是生者與亡者最接近的日子。除此之外，還有親人過世的「頭七」及守靈夜。這些晚上，家人會為亡者設置一席，放著他們生前最愛吃的食物，希望在使者的帶領下回來一嚐後，好好的安息。

這些古老的葬儀傳統習俗，我一方面是相信的，從文化層面上也認為這是值得傳承及被後世了解。另一方面，亦令我深信，其實亡者從沒有離開我們。他們還是跟我們在一起，只是換了個形式。他們經常在我們的生活中佔一席位，就算是以形而上學（metaphysical）方式來理解。這種紀念方式並不限於華人文化。同時，跟亡者有著不可分割的關係的這種想法亦不止於我們的葬儀傳統。最常聽到的應該是墨西哥的「亡靈節」（Día de Muertos），其目的是為亡靈的親友提供一個機會去紀念已離世的親友。或是，像我在第六章提及印尼小島 Tana Toraja 那獨有的紀念方式，上述的例子都證明亡者從未跟我們分別，反之是我們會再跟他們的後世重聚。

◎ Fortune：被藏在衣櫃的奴隸骸骨

為了令一些客死異鄉的亡魂可以歸家，法醫人類學的工作目的就是把別人的家人歸還。他們，可能不容易被家屬辨認出來；他們的家屬，可能已經尋找了失去音訊的家人很久。例如墨西哥邊境因為跨境而喪命的骸骨，他們的家屬說過，就算只是收回一塊骨頭、一件衣物也好，都是一個答案，一個哀悼喪親的開端。這些對他們來說是一份回憶，也是一項證據。

一八三二年以前，使用被處決死囚的屍體是唯一合法途徑獲取屍體作教學用途。但是，供應量永遠都不能追上需求，所以有人看中商機，偷屍這個行業就開始於黑市崛起。偷屍賊只會看準剛下葬、「新鮮」的屍體才去偷。把屍體偷到手後，就在醫學院的後門交易。在十八世紀的英國倫敦，偷屍賊都被冠上一個稱號——「Resurrection Men」（中譯：復活人）。這個行業的確是違法的，卻很少會被檢控。但由於之後陸續出現捐贈遺體這種無私奉獻的計劃，令十八、十九世紀發起的「偷屍行業」頓成絕響。到後來，醫生保留部分人體組織甚至骨頭於實驗室或辦公室都是常見的事。美國康乃狄克州（Connecticut）Dr. Preserved Porter 的看診室也不例外。

一七九〇年的人口普查顯示，Dr. Preserved Porter 共有五個奴隸。一七九八年，Dr. Preserved Porter 其中一名奴隸去世，有證據顯示他保留了這名奴隸的屍體作研究用途。他以正確又不傷骨頭的方法去清潔這名奴隸的屍體並「起骨」。當整個清潔過程完結後，便以黑筆於骨頭上標示不同部位骨頭的名稱。按照後來的歷史記載，以 Dr. Preserved Porter 的時期來說，使用奴隸的屍體作為醫療標本是十分常見的。

Dr. Preserved Porter 整理好這標本後，邀請當地醫生來檢查這副骨頭，並以它來教授他的子女及孫子們有關的人體知識。至一九三三年，他的曾孫女 Dr. Sally Porter Law McGlannan 捐贈了這副骨頭標本給一所博物館，並展出至一九七〇年代。當時博物館展出時就按照賦予骨頭名字時，最初刻在頭骨上的名字「Larry」暫時命名了這標本。在六十多年後，博物館才真正開始仔細研究這組骨頭標本，讓「Larry」可以沉默地向我們訴說他的故事。

從骨頭上推斷，此組骨頭的主人為非洲裔後代（African descent），身高約五呎六吋。死時年齡約於五十五至六十歲區間。按照 Dr. Preserved Porter 的家族紀錄及這次骨頭推斷出來的資料比對，確認了「Larry」其實是名為「Fortune」的奴隸。有了這個名字後，便能成功查出 Fortune 的身世。另外，Fortune 的手腳骨上都有跡象顯示韌帶因為長期於高壓環境下工作而受傷甚至撕裂，此類型創傷為接骨點病變（enthesopathies）。此等症狀於骨頭連結肌腱及韌帶的接合處會有發炎，以及修復後產生的鈣化或纖維化。專家將它與其他奴隸的傷痕紀錄及痕跡做比對，發現了同類型創傷。歷史紀錄顯示 Fortune 的死因是意外遇溺（懷疑是在船上受傷，繼而墮海死亡）。頸骨上的創傷痕跡則顯示他有可能在意外跌倒的時候弄斷了其中一節頸椎而導致死亡，這種傷勢跟紀錄的説法一致。歷史紀錄亦指出 Fortune 的子女在他死後便被賣走。

一直以來博物館都有嘗試比對 Fortune 的 DNA 及做同位素分析，希望了解更多關於 Fortune 的生平。法醫人類學透過骨頭為原本寂寂無名的一副骸骨找回了被遺忘的身份。在 Fortune 去世後的二百一十五年（即二〇一三年）後，教會發現他於一七九〇年代已經受洗，於是為他舉行了一場告別式。經歷了兩個世紀後，他終於可以安息了。

為甚麼我們那麼執著於處理及紀念亡者？為甚麼我們都花上那麼多精力去為亡者打造一個「山明水秀」的墓地？除了因為其風水對後人氣運有影響之外，也藉此反映後人內心深處對亡者的尊重，對先人的思念不會因為陰陽相隔而停止。

◎塞浦路斯墳場裡的《死亡之冊》

古埃及的《死亡之書》是一些符咒能協助亡者到後世，幾乎可以說是為亡者灌上一口氣，令他們順利過渡考驗。我在塞浦路斯工作的墳場裡，有一本名為《死亡之冊》（*The Book of the Dead*）的本子，裡面記載了從墳場「開業」以來所有埋葬在那裡的人的名字、家屬資料及聯繫方法等。在我看來，這本《死亡之冊》有著異曲同工之妙，同樣為亡者灌上一口氣，令他們恍如依然在世，不只是一個墳墓、一個墓碑，而是實實在在的一個人。

骨頭，是人死後僅有地依然存在於世上的憑證。人，對骨頭可以是迷戀（像我一樣），也可以是極度抗拒。當我們把它用作歷史研究用途時，它為人的生命提供答案。當我們考究精神及靈性層面時，它令我們思考死亡到底是甚麼一回事。我工作時都是這樣，我同時間看到生和死。工作後靜下來，感受到人體奧妙的同時，亦看到了恐懼。因此，某程度上，我視我的工作、我的專業為一種修行。

亡者，他們可以是被滅聲的受害人。藉著我們的專業，可以令他們的人生經歷或際遇重新揭示予後人知道。我既然有能力學會了這種與亡魂溝通的科學本領，我就有義務去

把他們的故事傳揚開去。這個使命及任務是驅使我做學術研究、做不同類型挖掘項目，甚至到曾經發生內戰的地方去跟生還者聊天，協助尋找其家人的動力！每個人生活在世界上的尊嚴及故事都是獨一無二。我不容許這些有實在證據卻被滅聲的違法行為就此長埋在泥土裡。作為我家祖先後人的我，去掃墓就是去聆聽前人的故事。而法醫人類學家也一樣，我們也是前去各式各樣的墓地去聆聽逝者的故事，以及把他們的故事跟愛惜他們的家人朋友分享。

說到底，你跟我及其他人都必定會死，但是我們的骨頭會繼續在這個世界上存在，就算我們的肉身終有消失的一天。

鳴謝

《屍骨的餘音》於二〇一七年五月初出版後一個月火速再版，這個再版的劇情是我從沒有估計過的。之後有人問我：「出書後，生活或人生有甚麼轉變？」其實，真的沒有改變甚麼。我依然是那個提及屍蟲會異常興奮，眼睛發亮，但看鬼片時就會膽小如鼠的李衍蒨。

不過，坦白說，過去兩年，我藉著《屍骨的餘音》及我的專業認識到無數超級酷的人，包括正在閱讀這本書的你！我在上一本書留下了我的 Facebook 專頁「The Bone Room。存骨房」的連結，本來只希望各位讀者可以光顧一下，打個招呼，抓我的錯別字，再加上一些會令我飄飄然的讚美，甚至送上一開始就擔心的各類批評。但，結果並非如此！

我在寫《屍骨的餘音》時，曾經幾度暗自質疑到底我能否完成那八萬多字。就算到最後校對完成，書面世了，我還是非常疑惑到底我寫這本書是對還是錯的決定。書出版後，過去的一年從不同的途徑（例如 Facebook 郵箱、Instagram、分享會、訪問）收到各位的信件及訊息中，不斷地給我打強心針！其中令我感受最深的是，我的訪問及這本書令大眾對法醫人類學多了深入的了解，甚至對死亡不再這麼恐懼，開始願意接受其必然性。我記得其中有讀者跟我說，就是因為我的一些訪問，令他／她的家人了解到其實他／她的理想不是想像中那麼恐怖！亦是因為多了深入的了解，家人更主動送上相關書籍作為禮物以示支持及鼓勵，其中一本就是《屍骨的餘音》！這只是芸芸留言、訊息中，令我感受很深的其中之一，在我讀到這類訊息時，我當下的表情是很想尖叫的！我猜，如果親愛的讀者們是當著我面前說出上述的話，我應該會露出那個眼睛睜得很大而且臉紅的 emoji，繼而邊抱著你邊說謝謝！讀者們（無論在讀書的或是在工作的），我真的真的十分感謝你們！你們說得到我的啟發，令你們知道有人在做這麼一件有意義、有趣及「有型」的專業；其實，你們根本不知道，我才是被你們啟發的那個人！我把每一個留言及訊息都儲存起來，在我迷惘的時候，你們就是我的燈塔！謝謝你們一路陪著我。

依然感激花千樹出版有限公司、總編輯葉海旋先生，以及我最親愛的編輯李小媚小姐。謝謝他們的信任，在第一本書出版沒多久後就立刻加簽另一本，並且給我很大的自由度去寫作！他們對我的信任及信心比我對自己的還要大！當然，必須要感謝他們時刻有無比耐性去忍受我有時候的行文不順。

要感謝的還有我在《立場新聞》及*CUP*專欄的兩位編輯。他們都非常體諒我工作量多而經常睜一隻眼閉一隻眼的容許我遲交稿。同時，亦想感謝一直支持這兩個專欄的讀者，請原諒我文章的不定時更新（笑）！

特別鳴謝為我寫序的朋友們：謝謝《立場新聞》科學版總編輯周達智博士慷慨賜序！謝謝陳心遙小朋友百忙之中為我寫序，請原諒我轟炸式的催稿！謝謝網路作者半緣君的俠義相助，用文字於寫稿時為我提供情感支柱！

我很想在鳴謝部分衷心感謝於我前面的諸位法醫科及法證科專家，沒有他們的堅持，大屠殺、亂葬崗等地方的屍體永遠都不會被發現，更莫說他們的身份！更要多謝每一名尊重生命、人道主義的工作者，他們對每個生命都值得尊重的這份執著，是伴著諸位走過當中難過的夜晚的依歸。無論你有否讀到這本書，原本無聲的工作都必須得到支持！

雖然在前作已經鳴謝過我一路走來的恩師及夥伴，但這裡依然要重新再鳴謝一次

（同時亦更新了名單），李衍蒨能走到今天這一步，每一位都是功不可沒（排名不分先後）：Prof. Felicia Madimenos、Prof. Tanya Peckmann、Ms. Xenia-Paula Kyriakou、Prof. Elzbieta Jaskulska、Dr. Emiad Zakariya、Dr. Bruce Hyma、Mr. Mouzinho Correia、Ms. Amy Perez。當然還有「The Bone Room。存骨房」專頁中的各位朋友、「好夥伴」！

同時，亦感謝父母、弟弟及其他家人的一路支持！當然，不能缺少由我各方好友組成的強大「催稿團隊」。這次寫書時同時亦寫論文，而兩者的死線又差不多，生活刺激到不行！謝謝各方好友、「巴之閉」夥伴及所有好姊妹每次聚會都可以令我笑到肚痛、笑到喊，實在有效減壓呢！

最後的最後，無論你現在是安坐家中、在車上、在沙灘（在沙灘上閱讀是另一種享受）或是在咖啡廳裡，如果能成功堅持到這裡的話，請讓我致以最深切的謝意。我知道我寫的文字、題材不是最容易接受的，我萬分感謝你們願意去感受書中的畫面、背後的意義及意思，以及思考相關的概念！感謝你們與我及書中所有骨頭、前人的餘音一起度過一段美好的時光，而現在已經成為我們的回憶。

這本書出版後，我希望依然能繼續從不同渠道收到大家對我和書本的意見及批評，期待著你們與我分享閱讀心得！

願我們能很快再一起分享不同骨頭的經歷及故事！

P.S. 已於作者簡介下方再一次附上 Facebook 專頁網址，以供本人「呃 Like」，多謝！

參考資料及延伸閱讀

於上一本書的這個章節開首，我寫道：「寫一本書，本來就不是一件容易的事。」本以為有了經驗後，便會比較得心應手。我不禁拍拍自己的肩膀說：「少年人，你太年輕了！」

寫關於法醫人類學的書沒有最浩瀚，只有更浩瀚！重申，人類學本來就是一個多元、注重全面觀的學科。法醫人類學更甚，集所有專業於一身：醫學、法醫科、歷史、社會學、風俗文化、哲學等。可以參考的文獻及資料多如天上繁星。我已經盡力就我所討論的題目提供概括的介紹、文獻參考和有關報道等。當然，這些都只是各位前輩及學者花心血研究的冰山一角，我亦沒有以偏概全的意思。

書中的個案都是真實的，取材自我於東帝汶、波蘭及塞浦路斯工作時的工作日記。因為私隱問題，我把所有牽涉在內的有關人名甚至案件細節都更換過，以尊重當事人。

以下是寫此書時參考過的資料。資料的屬性偏大眾化，所以就算不是熱衷學術範疇的你都可以放心閱讀。

大部分引用的資料是我於編寫時從英文翻譯成中文，內容以參考資料的原文為準，如有任何錯漏，均屬我於翻譯上的錯誤。

自序　屍骨守護者

White, R.（Director）.（2017, May 19）. *The Keepers*. [Documentary]. United States: Netflix.

李衍蒨。二〇一七年五月四日。《屍骨的餘音》。香港：花千樹出版有限公司。

第一章　荊棘裡的花

Cattaneo, C., De Angelis, D., & Grandi, M. （2006）. Mass diasters. In Schmitt, A., Cunha, E., & Pinheiro, J. （Eds.）, *Forensic Anthropology and Medicine: Complementary Sciences from Recovery to Cause of Death*. Totowa, NJ: Humana Press.

Colwell, C. （2017, October 18）. Your bones live on without you. *The Atlantic*. Retrieved from https://www.theatlantic.com/technology/archive/2017/10/your-bones-live-on-without-you/543312/.

Costandi, M. （2015, May 5）. Life after death: the science of human decomposition. *The Guardian, Forensic Science*. Retrieved from https://www.theguardian.com/science/neurophilosophy/2015/may/05/life-after-death.

Cunha, E., & Cattaneo, C. （2006）. Forensic anthropology and forensic pathology: the state of the art. In Schmitt, A., Cunha, E., & Pinheiro, J. （Eds.）, *Forensic Anthropology and Medicine: Complementary Sciences from Recovery to Cause of Death*. Totowa, NJ: Humana Press.

Sung, T. （1247）. *The Washing Away of Wrongs: Forensic Medicine in Thirteenth-Century China （Science, Medicine, and Technology in East Asia）*. （McKnight, B. E. Trans）. Ann Arbor, MI: Center for Chinese Studies, The University of Michigan. （Original work published in 1247）.

USA Today Networks. （2017）. *The Wall Project. Retrieved from* https://www.usatoday.com/border-wall/.

李衍蒨。二〇一八年二月十五日。《邊境的骨骸》。*CUP*，「骸骨傳記」。取自 http://www.cup.com.hk/2018/02/15/winsome-lee-illegal-immagrants-from-mexico-to-us/ 。

鄒濬智，蔡佳憲。二〇一六年。《是誰讓屍體說話？：看現代醫學如何解讀〈洗冤集錄〉》。台北：獨立作家。

第二章　墳場上的螞蟻

Appleby, J., et al. （2012）. The non-adult cohort from Le Morne Cemetery, Mauritius: a snap shot of early life and death after abolition. *International Journal of Osteoarchaeology*, 33（4）. doi: 10.1002/oa.2259.

Costandi, M. （2015, May 5）. Life after death: the science of human decomposition. *The Guardian, Forensic Science*. Retrieved from https://www.theguardian.com/science/neurophilosophy/2015/may/05/life-after-death.

Dupras, T. L., Schultz, J. J., Wheeler, S. M., & Williams, L. J. （2006）.The application of forensic archaeology to crime scene investigation. *Forensic Recovery of Human Remains: Archaeological Approaches*. Boca Raton: CRC Taylor & Francis Group.

Lasso, E., Santos, M., Rico, A., Pachar, J.V., & Lucena, J. （2009）. Postmortem fetal extrusion. *Cuadernos de Medicina Forense*, 15（55）: 77–81.

Lorenzi, R. （2017, March 28）. Rare "coffin birth" found in black death burial site. *Seeker, Archaeology*. Retrieved from https://www.seeker.com/coffin-birth-found-in-black-death-burial-2333620306.html.

Strauss, M. （2016, April 7）. When is it okay to dig up the dead? *National Geographic*. Retreived from https://news.nationalgeographic.com/2016/04/160407-archaeology-religion-repatriation-bones-skeletons/.

Ubelaker, D. （1999）. *Human Skeletal Remains: Excavation, Analysis, Interpretation* （3rd ed.）, Washington, DC: Taraxacum.

李衍蒨。二〇一六年五月三日。《「起墳」：偷屍賊？盜墓者？敬重先人？》。《立場新聞》。取自 https://thestandnews.com/cosmos/%E8%B5%B7%E5%A2%B3-%E5%81%B7%E5%B1%8D%E8%B3%8A-%E7%9B%9C%E5%A2%93%E8%80%85-%E6%95%AC%E9%87%8D%E5%85%88%E4%BA%BA/。

李衍蒨。二〇一七年七月六日。《拆解棺內分娩疑團》。*CUP*：「骸骨傳記」。取自 http://www.cup.com.hk/2017/07/06/winsome-lee-coffin-birth/。

第三章　死神「Pumpkin Spice Latte」

Anderson, G. S., Bell, L. S. （2014）. Deep coastal marine taphonomy: investigation into carcass decomposition in the Saanich Inlet, British Columbia using a baited camera. *PLos ONE*, 9（10）: e110710. doi: 10.1371/journal.pone.0110710.

Bichell, R. E., （2017, July 1）. To solve gruesome desert mysteries, scientists become body collectors. *NPR*. Retrieved from https://www.npr.org/sections/health-shots/2017/07/01/523024955/to-solve-gruesome-desert-mysteries-scientists-become-body-collectors.

Chambers, D. （2017, May 8）. Never before seen: deer spotted eating human bones. *National Geographic*. Retrieved from http://www.nationalgeographic.com.au/animals/never-before-seen-deer-spotted-eating-human-bones.aspx.

Costandi, M. （2015, May 5）. Life after death: the science of human decomposition. *The Guardian, Forensic Science*. Retrieved from https://www.theguardian.com/science/neurophilosophy/2015/may/05/life-after-death.

Costandi, M. （2017, December 6）. This is what happens after you die. *Huffpost, Science*. Retrieved from https://www.huffingtonpost.com/2015/05/21/what-happens-when-you-die_n_7304232.html.

Davis, L. （2014, February 4）. The gruesome and excruciating practice of mummifying your own body. *Io9*. Retrieved from https://io9.gizmodo.com/the-gruesome-and-excruciating-practice-of-mummifying-yo-1515905564.

Holloway, A. （2014, November 9）. Sokushinbutsu and the ancient Japanese monks that mummified themselves to death. *Ancient Origins*. Retrieved from http://www.ancient-origins.net/news-history-ancient-traditions/sokushinbutsu-and-ancient-japanese-monks-mummified-to-death-012938.

Hori, I. （1962）. Self-mummified Buddhas in Japan: an aspect of the Shugen-Dô （"Mountain Asceticism"） Sect. *History of Religions*, 1（2） （Winter, 1962）: 222–42.

Lewis, T. （2014, October 28）. What happens to a dead body in the ocean? *LiveScience*. Retrieved from https://www.livescience.com/48480-what-happens-to-dead-body-in-ocean.html.

Munkres, J. W. （2009）. Arid climate decomposition and decay: a taphonomic study using swine. *UNLV Theses, Dissertations, Professional Papers and Capstones*. 1139.

Nesvold, E. （2015, November 30）. The Japanese art of self-preservation. *DamnInteresting.com*. Retrieved from https://www.damninteresting.com/sokushinbutsu-the-ancient-buddhist-mummies-of-japan/.

Pinheiro, J. E. （2006）. Decay Process of a Cadaver. In Schmitt, A., Cunha, E., & Pinheiro, J. （Eds.）, *Forensic Anthropology and Medicine: Complementary Sciences from Recovery to Cause of Death*. Totowa, NJ: Humana Press.

St. Fleur, N. （2017, June 2）. How to make a mummy （accidentally）. *The New York Times, Science*. Retrieved from https://www.nytimes.com/2017/06/02/science/spontaneous-mummification.html?_r=0.

Sung, T. （1247）. *The Washing Away of Wrongs: Forensic Medicine in Thirteenth-Century China （Science, Medicine, and Technology in East Asia）*. （McKnight, B. E. Trans）. Ann Arbor, MI: Center for Chinese Studies, The University of Michigan. （Original work published in 1247）.

李衍蒨。二〇一七年四月十日。《世界木乃伊系列：日本「即成」木乃伊 Sokushinbutsu （即身仏）》。《立場新聞》。取自 https://thestandnews.com/cosmos/%E4%B8%96%E7%95%8C%E6%9C%A8%E4%B9%83%E4%BC%8A%E7%B3%BB%E5%88%97-%E6%97%A5%E6%9C%AC-%E5%8D%B3%E6%88%90-%E6%9C%A8%E4%B9%83%E4%BC%8A-sokushinbutsu-%E5%8D%B3%E8%BA%AB%E4%BB%8F/。

李衍蒨。二〇一七年七月二十七日。《腐屍（嘗試）出土記》。*CUP*：「骸骨傳記」。取自 http://www.cup.com.hk/2017/07/27/winsome-lee-returning/。

李衍蒨。二〇一八年二月一日。《鐵達尼號罹難者的下落》。*CUP*：「骸骨傳記」。取自 http://www.cup.com.hk/2018/02/01/winsome-lee-titanic/。

鄒濬智、蔡佳憲。二〇一六年。《是誰讓屍體說話？：看現代醫學如何解讀〈洗冤集錄〉》。台北：獨立作家。

第四章　骸骨鑑定魔法 II

Agarwal, S. C. （2017, May）. Reading the bones. *Natural History Magazine*. Retrieved from http://www.naturalhistorymag.com/features/243174/reading-the-bones.

Armstrong, P. F., Joughin, V. E., Clarke, H. M., & Willis, R. B. （2003）. Fractures of the forearm, wrist, and hand. In Green, N. E., & Swiontkowski, M. F. （Eds.）, *Skeletal Trauma in Children*. Philadelphia, PA: Saunders.

Beals, R. K, & Tufts, E. （1983）. Fractured femur in infancy: The Role of Child Abuse. *Journal of Pediatric Orthopaedics*, 3（5）: 583–6.

Christensen, A. M., Passalacqua, N. V., & Bartelink, E. J. （2014）. *Forensic Anthropology: Current Methods and Practice*. Boston, MA: Academic Press.

Dror, I. E., Charlton, D., & Pēron, A. E. （2006）. Contextual information renders experts vulnerable to making erroneous identifications. *Forensic Science International*, 156 （2006）: 74–8.

Kyere, K. A., et al. （2012）. Schmorl's nodes. *European Spine Journal*, 21（11） （2012, November）: 2115–21. doi: 10.1007/s00586-012-2325-9.

Lefevre, P., et al. （2016）. Anthropology: forensic anthropology and childhood. *Encyclopedia of Forensic and Legal Medicine*, 1: 183–8.

Macintosh, A. A., Pinhasi, R., Stock, J. T. （2017）. Prehistoric women's manual labor exceeded that of athletes through the first 5500 years of farming in Central Europe. *Science Advances* 3（11） （2017, November）: eaao3893.

Prof. Gaillard, F., & Dr. Amini, B., et al. Schmorl nodes. *Radiopaedia*. Retrieved from https://radiopaedia.org/articles/schmorl-nodes-1.

Roberts, C. A. （2016）. Paleopathology and its relevance to understanding health and disease today: The Impact of the Environment on Health, Past and Present. *Anthropological Review*, 79（1） （2016）: 1–16.

Shaw, C. N, & Stock, J. T. （2009）. Habitual throwing and swimming correspond with upper limb diaphyseal strength and shape in modern human athletes. *American Journal of Physical Anthropology*, 140（1）: 160–72.

Waldron, T. （2008）. *Paleopathology*. Cambridge: Cambridge University Press.

Webb, L. X, & Mooney, J. F. （2003）. Fractures and dislocations about the shoulder. In Green, N. E., & Swiontkowski, M. F. （Eds.）, *Skeletal Trauma in Children*. Philadelphia, PA: Saunders.

Wilford, J. N. （1987）. Skeletons record the burdens of work. *The New York Times*. Retrieved from https://www.nytimes.com/1987/10/27/science/skeletons-record-the-burdens-of-work.html?pagewanted=print.

Worlock, P., Stower, M., & Barbor, P. （1986）. Patterns of fractures in accidental and non-accidental injury in children: A Comparative Study. *BMJ*, 293: 100–2.

李衍蒨。二〇一七年六月八日。《年輕農夫與薛門氏節點》。*CUP*：「骸骨傳記」。取自 http://www.cup.com.hk/2017/06/08/winsome-lee-young-farmer-and-schmorls-node/。

第五章　斷骨解密

Abel, S. M. （2004）. Biocultural variation of skeletal trauma in contemporary Greeks. PhD dissertation, University of Florida, Gainesville.

Beamer, W., Donahue, L., Rosen, C., & Baylink, D. （1996）. Genetic variability in adult bone density among inbred strains of mice. *Bone*, 18: 397–403.

Biewener, A. （1993）. Safety factors in bone strength. *Calcified Tissue International*, 53: S68–S74.

Burr, D. （2014）. Repair mechanisms for microdamage in bone. *Journal of Bone and Mineral Research,* 29（12）: 2534–6.

Chen, J. S., et al. （2008）. Hypovitaminosis D and parathyroid hormone response in the elderly: effects on bone turnover and mortality. *Clinical Endocrinology*, 68（2）: 290–8.

Cohen, M. S., McMurtry, R. Y., & Jupiter, J. B. （2003）. Fractures of the distal radius. In Browner, B. D., Jupiter, J. B., Levine, A. M., & Trafton, P. G. （Eds.）, *Skeletal Trauma: Basic Science, Management, and Reconstruction*. Philadelphia, PA: Saunders.

Colles, A. （1814）. On the fracture of the carpal extremity of the radius. *Edinburgh Medical and Surgical Journal*, 10: 182–6.

Crandall, C. J., et al. （2012）. Socioeconomic status, race, and bone turnover in the Midlife in the U.S. Study. *Osteoporosis International*, 23 （5）: 1503–12.

Currey, J. D. （2002）. *Bones: Structure and Mechanics*. Princeton, NJ: Princeton University Press.

De Santis, R., et al. （2007）. Mechanical properties of human mineralized connective tissues. In Mollica, F., Preziosi, L., & Rajagopal, K. R. （Eds.）, *Modeling of Biological Materials*. Boston, MA: Birkhäuser.

Ertas, A. H., et al. （2012）. Simulation of creep in non-homogenous samples of human cortical bone. *Computer Methods in Biomechanics and Biomedical Engineering*, 15 （10）: 1121–8.

Frost, H. M. （2003）. Bone's mechanostat: a 2003 update. *The Anatomical Record Part A*, 275A: 1081–101.

Galloway, A., & Wedel, V. （2013）. *Broken Bones: Anthropological Analysis of Blunt Force Trauma*. Springfield, IL: Charles C. Thomas.

Gelbard, R., et al. （2014）. Falls in the elderly: a modern look at an old problem. *American Journal of Surgery*, 208（2）: 249–53.

Gosman, J., Hubbell, Z., Shaw C., & Ryan, T. （2013）. Development of cortical bone geometry in the human femoral and tibial diaphysis. *Anatomical Record*, 296: 774–87.

Gurdjian, E. S. （1975）. *Impact Head Injury: Mechanistic, Clinical, and Preventive Correlations*. Springfield, IL: Charles C. Thomas.

Guyomarc'h, P., et al. （2010）. Discrimination of falls and blows in blunt head trauma: a multi-criteria approach. *Journal of Forensic Sciences*, 55（2）: 423–7.

Hipp, J, & Hayes, W. （2000）. Biomechanics of fractures. In Browner, B. D., Jupiter, J. B., Levine, A. M., & Trafton, P. G. （Eds.）, *Skeletal Trauma: Basic Science, Management, and Reconstruction*. Philadelphia, PA: Saunders.

Jones, J. H., & Ferguson, B. （2006）. The Marriage squeeze in Colombia, 1973-2005: the role of excess male death. *Biodemography and Social Biology*, 53（3–4）:140–51.

Judd, M. （2002）. Comparison of long bone trauma recording methods. *Journal of Archaeological Science*, 29: 1255–65.

Kimmerle, E. H., & Baraybar, J. P. （2008）. *Skeletal Trauma: Identification of Injuries Resulting from Human Rights Abuse and Armed Conflict*. New York, NY: CRC Press.

Klepinger, L. L. （2006）. *Fundamentals of Forensic Anthropology*. Hoboken, NJ: John Wiley & Sons.

Komar, D. A., & Lathrop, S. （2012）. Patterns of trauma in conflict victims from Timor Leste. *Journal of Forensic Sciences*, 57（1） （2012, January）.

Lovejoy, C. O., & Heiple, K. G. （1981）. The analysis of fractures in skeletal populations with an example from the Libben Site, Ottowa County, Ohio. *American Journal of Physical Anthropology*, 55: 529–41

Lovell, N. C. （1997）. Trauma analysis in paleopathology. *American Journal of Physical Anthropology, Supplement: Yearbook of Physical Anthropology 1997*, 40: 139–70.

McNulty, S. L. （2016）. An analysis of skeletal trauma patterning of accidental and intentional injury. PhD dissertation, University of Tennessee, Knoxville.

Novak, S. A. （1999）. Skeletal manifestations of domestic assault: a predictive model for investigating gender violence in prehistory. PhD dissertation, University of Utah , Salt Lake City.

Petaros, A., et al. （2013）. Retrospective analysis of free-fall fractures with regard to height and cause of fall. *Forensic Science International*, 226（1-3）: 290–5.

Price, C., et al. （2005）. Genetic variation in bone growth patterns defines adult mouse bone fragility. *Journal of Bone and Mineral Research*, 20: 1983–91.

Radiological Society of North America （RSNA）. （2017, November 30）. Radiology Offers Clues in Cases of Domestic Abuse and Sexual Assault.

Rogers, L. F. （1992）. *Radiology of Skeletal Trauma*. New York, NY: Churchill Livingstone.

Ruff, C., et al. （2006）. Who's afraid of the big bad Wolff?: "Wolff's law" and bone functional adaptation. *American Journal of Physical Anthropology*, 129: 484–98.

Sanders, K., et al. （2002）. Fracture rates lower in rural than urban communities: the Geelong Osteoporosis Study. *Journal of Epidemiology and Community Health*, 56（6）: 466–70.

Sauer, N. J. （1998）. The timing of injuries and manner of death: distinguishing among antemortem, perimortem and postmortem trauma. In Reichs, K. J.（Ed.）, *Forensic Osteology: Advances in the Identification of Human Remains*. Springfield, IL: Charles C. Thomas.

Scientific Working Group for Forensic Anthropology （SWGANTH）. （2011）. Trauma analysis.

Sheperd, J. P., et al. （1990）. Pattern, severity and aetiology of injuries in victims of assault. *Journal of the Royal Society of Medicine*, 83（2）: 75–8.

Spiegel, A. （2009）. How a bone disease grew to fit the prescription. *NPR*.

Sung, T. （1247）. *The Washing Away of Wrongs: Forensic Medicine in Thirteenth-Century China （Science, Medicine, and Technology in East Asia）*. （McKnight, B. E. Trans）. Ann Arbor, MI: Center for Chinese Studies, The University of Michigan. （Original work published in 1247）.

Turner, C. H. （2006）. Bone strength: current concepts. *Annals of the New York Academy of Sciences,* 1068: 429–46.

Villa, P., & Mahieu, E. （1991）. Breakage patterns of human long bones. *Journal of Human Evolution*, 21（1）: 27–48.

Walker, P. L. （1997）. Wife beating, boxing, and broken noses: skeletal evidence for the cultural patterning of violence. In Martin, D. L., & Frayer, D. W. （Eds.）, *Troubled Times: Violence and Warfare in the Past*. Amsterdam: Gordon and Breach.

Wells C. （1964）. *Bones, Bodies and Disease*. London: Thames & Hudson.

Wieberg, D. A., & Wescott, D. J. （2008）. Estimating the timing of long bone fractures: correlation between the postmortem interval, bone moisture content, and blunt force trauma fracture characteristics. *Journal of Forensic Sciences*, 53（5）:1028–34.

Wu, V., et al. （2010）. Pattern of physical injury associated with intimate partner violence in women presenting to the emergency department: A Systematic Review and Meta-Analysis. *Trauma, Violence & Abuse*, 11（2）: 71–82.

李衍蒨。二〇一七年七月二十日。《以科學為先的「屍骨代言人」》。*CUP*：「骸骨傳記」。取自 http://www.cup.com.hk/2017/07/20/winsome-lee-speaking-on-behalf-of-the-dead/。

第六章　死後的命運

Costandi, M. （2015, May 5）. Life after death: the science of human decomposition. *The Guardian, Forensic Science*. Retrieved from https://www.theguardian.com/science/neurophilosophy/2015/may/05/life-after-death.

Crobatia, C. （2016, October 31）. Meaning-making through death rituals. *A Course in Dying*. Retrieved from http://acourseindying.com/meaning-making-through-death-rituals/.

Haglund, W. D., & Sorg., M. H. （Eds.）. （1997）. *Forensic Taphonomy: The Postmortem Fate of Human Remains*. Boston MA: CRC Press.

Hannig, A. （2017, October 3）. Death and dying 101. *SAPIENS*. Retrieved from https://www.sapiens.org/body/death-and-dying/.

Ideas TED. （2017, October）. Grieving the people we've loved and lost. Retrieved from https://ideas.ted.com/grieving-the-people-weve-loved-and-lost/amp/.

Klepinger, L. L. （2006）. *Fundamentals of Forensic Anthropology*. Hoboken, NJ: John Wiley & Sons.

Martin, S. （2017, December 16）. Back from the dead: Japanese firm lets you see deceased loved ones at the grave. *Sunday Express, Science*. Retrieved from https://www.express.co.uk/news/science/892411/back-from-the-dead-augmented-reality-AR-Facebook-snapchat.

Nash, S. E.（2018, March 8）. The weird, wild world of mortuary customs. *SAPIENS*. Retrieved from https://www.sapiens.org/column/curiosities/embalming-culture-mortuary-customs/.

Pokines, J. T., & Symes, S. A.（2014）. *Manual of Forensic Taphonomy*. Boca Raton, FL: CRC Press/Taylor & Francis Group.

Worrall, S.（2017, October 21）. Burn, mummify, compost—Different Ways to Treat the Dead. *National Geographic*. Retrieved from https://news.nationalgeographic.com/2017/10/dead-burial-funeral-mortician-caitlin-doughty/.

李衍蒨。二〇一七年一月二十六日。《回憶鏡子：立著屍體拍照？》。《立場新聞》。取自 https://thestandnews.com/cosmos/%E5%9B%9E%E6%86%B6%E9%8F%A1%E5%AD%90-%E7%AB%8B%E8%91%97%E5%B1%8D%E9%AB%94%E6%8B%8D%E7%85%A7/。

李衍蒨。二〇一七年八月三日。《是「他」？還是「她」？》。*CUP*：「骸骨傳記」。取自 http://www.cup.com.hk/2017/08/03/winsome-lee-bones-and-gender/。

阿曼達．班尼特（Amanda Bennett）。二〇一六年四月十一日。《當死亡不代表告別》。《國家地理雜誌中文網》。取自 https://www.natgeomedia.com/special/36519。

第七章　燃燒吧！

Bioethics Observatory - Institute of Life Sciences UCV.（2017, October 20）. Chemical dissolution of cadavers as an alternative to burial and cremation? Retrieved from http://www.bioethicsobservatory.org/2017/10/chemical-dissolution-cadavers/23318.

Campbell, H. （2017, August 15）. In the future, your body won't be buried... You'll dissolve. *WIRED*. Retrieved from http://www.wired.co.uk/article/alkaline-hydrolysis-biocremation-resomation-water-cremation-dissolving-bodies.

Fairgrieve, S. I. （2008）. *Forensic Cremation: Recovery and Analysis*. Boca Raton, FL: CRC Press.

Haglund, W. D., & Sorg., M. H. （Eds.）. （1997）. *Forensic Taphonomy: The Postmortem Fate of Human Remains*. Boston MA: CRC Press.

Hart, A. （2004, November 20）. Georgia crematory manager pleads guilty and gives apology. *The New York Times*. Retrieved from https://www.nytimes.com/2004/11/20/us/georgia-crematory-manager-pleads-guilty-and-gives-apology.html.

Imaizumi, K. （2015, September 12）. Forensic investigation of burnt human remains. *Research and Reports in Forensic Medical Science*, 5 （2015）: 67–74.

Kashyap, A. C., & Kesari, J. P. （2014）. Feasibility study of a solar crematorium in India. *International Journal of Research and Scientific Innovation*, 1 （4）: 1–9.

Kennedy, M. （2015, April 26）. Cremated human bones in pot found in Crossrail dig suggest gruesome ritual. *The Guardian, London*. Retrieved from https://www.theguardian.com/uk-news/2015/apr/26/cremated-human-bones-in-pot-found-in-crossrail-dig-suggest-gruesome-ritual.

Klepinger, L. L. （2006）. *Fundamentals of Forensic Anthropology*. Hoboken, NJ: John Wiley & Sons.

Macoveciuc, I., Mărquez-Grant, N., Horsfall, I., & Zioupos, P. （2017）. Sharp and blunt force trauma concealment by thermal alteration in homicides: An in-vitro experiment for methodology and protocol development in forensic anthropological analysis of burnt bones. *Forensic Science International,* 275（2017）: 260–71.

National Cremation. How do I know I'm getting back the right cremated remains? Retrieved from https://www.nationalcremation.com/ask-a-funeral-director/how-do-i-know-im-getting-back-the-right-cremated-remains.

NPR. （2002, March 20）. Georgia crematory. Retrieved from http://www.npr.org/templates/story/story.php?storyId=1140213.

Smith, J. L. （2012, February 12）. Crematory in Noble, Georgia. *Times Free Press*. Retrieved from http://www.timesfreepress.com/news/local/story/2012/feb/12/horror-in-noble/70497/.

Suzuki, H. （2002）. *The Price of Death: The Funeral Industry in Contemporary Japan*. Stanford, CA: Stanford University Press.

李衍蒨。二〇一七年六月二十九日。《火葬場醜聞》。*CUP*：「骸骨傳記」。取自：http://www.cup.com.hk/2017/06/29/winsome-lee-georgia-crematory/。

李衍蒨。二〇一七年九月七日。《何謂「液體化火葬」？》。*CUP*：「骸骨傳記」。取自 http://www.cup.com.hk/2017/09/07/winsome-lee-liquid-cremation/。

李衍蒨。二〇一八年十二月二十八日。《再談「液體化火葬」── 屍體獨享的水療》。*CUP*：「骸骨傳記」。取自 http://www.cup.com.hk/2017/12/28/winsome-lee-alkaline-hydrolysis-2/。

第八章　骨與化學的華爾茲

Acocella, J. （2013, October 14）. Murder by poison. *The New Yorker*. Retrieved from https://www.newyorker.com/magazine/2013/10/14/murder-by-poison.

Al Jazeera. （2015, March 11）. Sandblasting still used in Chinese jeans factories. Retrieved from https://www.aljazeera.com/news/2015/03/sandblasting-chinese-jean-factories-150311170049076.html.

Augenstein, S. （2017, April 4）. Hair isotope analysis could reveal sex, BMI, diet, exercise. *Forensic Magazine*. Retrieved from https://www.forensicmag.com/news/2017/04/hair-isotope-analysis-could-reveal-sex-bmi-diet-exercise#.WOeOUKNqq5w.facebook.

Bentley, R. A. （2006）. Strontium isotopes from the earth to the archaeological skeleton: a review. *Journal of Archaeological Method and Theory*, 13: 135–87.

Chattanoogan.com. （2007, February 7）. Attorney says mercury poisoning may explain Tri-State Crematory case. Retrieved from http://www.chattanoogan.com/2007/2/7/101204/Attorney-Says-Mercury-Poisoning-May.aspx.

Cho, G. J., Park, H. T., Shin, J. H., Hur, J. Y., Kim, S. H., Lee, K. W., & Kim, T. （2012）. The relationship between blood mercury level and osteoporosis in postmenopausal women. *Menopause,* 19（5）（2012, May）: 576–81.

David, A. M. （2015, November 4）. The arsenic dress: how poisonous green pigments terrorized Victorian fashion. *Pictorial*. Retrieved from https://pictorial.jezebel.com/the-arsenic-dress-how-poisonous-green-pigments-terrori-1738374597.

Emery, K. M. （2013, August 13）. Mercury poisoning and the day before death. *Bones Don't Lie*. Retrieved from https://bonesdontlie.wordpress.com/2013/08/13/mercury-poisoning-the-day-before-death/.

Fairclough, P. （2011, September 23）. Spontaneous human combustion a hot topic once more. *The Guardian, Biology, From the archive blog*. Retrieved from https://www.theguardian.com/theguardian/from-the-archive-blog/2011/sep/23/spntaneous-human-combustion-archive.

Harkup, K. （2017, October 31）. "The Devil's element": the dark side of phosphorus. *The Guardian, Science*. Retrieved from https://www.theguardian.com/science/blog/2017/oct/31/the-devils-element-the-dark-side-of-phosphorus.

Killgrove, K. （2016, May 4）. Matchsticks once sickened and deformed women and children. *Mental Floss*. Retrieved from http://mentalfloss.com/article/79545/matchsticks-once-sickened-and-deformed-women-and-children.

Little, B. （2016, October 17）. Killer clothing was all the rage in the 19th century. *National Geographic*. Retrieved from https://news.nationalgeographic.com/2016/10/dress-hat-fashion-clothing-mercury-arsenic-poison-history/.

MailOnline.（2010, January 25）. Found in wallpapers, dresses and even libido pills: arsenic, the Victorian Viagra that poisoned Britain. Retrieved from http://www.dailymail.co.uk/health/article-1245809/Found-wallpapers-dresses-libido-pills-Arsenic-Victorian-Viagra-poisoned-Britain.html.

Meier, A.（2014, June 20）. Fatal Victorian fashion and the allure of the poison garment. *Hyperallergic.* Retrieved from https://hyperallergic.com/133571/fatal-victorian-fashion-and-the-allure-of-the-poison-garment/ .

Phys Org.（2013）. The day before death: A new archaeological technique gives insight into the day before death. Retrieved from https://phys.org/news/2013-08-day-death-archaeological-technique-insight.html.

Roberts, C. A.（2016）. Paleopathology and its relevance to understanding health and disease today: the impact of the environment on health, past and present. *Anthropological Review*, 79（1）（2016）: 1–16.

Schwarcz, H. P., White, C. D., & Longstaffe, F. J.（2010）. Stable and radiogenic isotopes in biological archaeology: some applications. In West, J. B., Bowen, G. J., Dawson, T. E., & Tu, K. P.（Eds.）, *Isoscapes: Understanding Movement, Pattern, and Process on Earth through Isotope Mapping*. New York, NY: Springer Science + Business Media B.V.

Sung, T.（1247）. *The Washing Away of Wrongs: Forensic Medicine in Thirteenth-Century China（Science, Medicine, and Technology in East Asia）*.（McKnight, B. E. Trans）. Ann Arbor, MI: Center for Chinese Studies, The University of Michigan.（Original work published in 1247）.

Wu, C. T., Lu, T. Y., Chan, D. C., Tsai, K. S., Yang, R. S., & Liu, S. H. （2014）. Effects of arsenic on osteoblast differentiation in vitro and on bone mineral density and microstructure in rats. *Environmental Health Perspect*, 122: 559–65. Retrieved from http://dx.doi.org/10.1289/ehp.1307832.

Zhao, X. R. （2013）. Bone marrow: non-neoplastic, benign changes, arsenic toxicity. *PathologyOutlines.com*. Retrieved from http://www.pathologyoutlines.com/topic/bonemarrowarsenic.html.

李衍蒨。二〇一七年六月二十二日。《生死也受惠——同位素分析》。*CUP*，「骸骨傳記」。取自 http://www.cup.com.hk/2017/06/22/winsome-lee-stable-isotope-analysis/。

李衍蒨。二〇一七年七月十三日。《DNA 化驗及身分鑑定到要多久？》。*CUP*，「骸骨傳記」。取自 http://www.cup.com.hk/2017/07/13/winsome-lee-dna-test/。

鄒濬智、蔡佳憲。二〇一六年。《是誰讓屍體說話？：看現代醫學如何解讀〈洗冤集錄〉》。台北：獨立作家。

第九章　來自墓裡的證人

ICRC. （2002）. *The Missing: ICRC Progress Report*. Retrieved from https://www.icrc.org/eng/assets/files/other/icrc_002_0897.pdf.

Keough, M. E. Kahn, S., & Andrejevic, A. （2000）. Disclosing the truth: informed participation in the Antemortem Database Project for Survivors of Srebrenica. *Health and Human Rights*, 5（1）: 68–87.

Keough, M. E., Simmons, T. , & Samuels, M. （2004）. Missing persons in post-conflict settings: best practices for integrating psychosocial and scientific approaches. *Journal of the Royal Society for the Promotion of Health*, 124（6）（2004）: 271–5.

第十章　骨頭的神秘氣場

Colwell, C. （2017, October 18）. Your bones live on without you. *The Atlantic*. Retrieved from https://www.theatlantic.com/technology/archive/2017/10/your-bones-live-on-without-you/543312/.

Colwell, C. （2017, November 16）. The long ethical arc of displaying human remains. *Atlas Obscura*. Retrieved from https://www.atlasobscura.com/articles/displaying-native-american-remains.

Connelly, A. （2017, November 7）. Should giant Charles Byrne be left to rest in peace? *Al Jazeera, Ireland*. Retrieved from https://www.aljazeera.com/indepth/features/2017/09/giant-charles-byrne-left-rest-peace-170918135540891.html.

Cook, M. R., & Russell, L. （2016, December 1）. Museums are returning indigenous human remains but progress on repatriating objects is slow. *The Conversation*. Retrieved from http://theconversation.com/museums-are-returning-indigenous-human-remains-but-progress-on-repatriating-objects-is-slow-67378.

Coughlan, S. （2007, May 22）. Museum offered head for shrinking. *BBC News*. Retrieved from http://news.bbc.co.uk/2/hi/uk_news/education/6679697.stm.

Fawcett, K. （2017, June 14）. The spiritual purpose behind shrunken heads. *Mental Floss*. Retrieved from http://mentalfloss.com/article/501831/spiritual-purpose-behind-shrunken-heads.

Fernbach, N. （2017, May 3）. Aboriginal ancestor's mummified remains repatriated to northern Queensland from German museum. *ABC News*. Retrieved from http://www.abc.net.au/news/2017-05-02/indigenous-ancestor-remains-returned-to-queensland/8479888.

Katz, B. （2017, June 15）. Australia to return remains of Japan's indigenous Ainu people. *Smithsonian.com*. Retrieved from https://www.smithsonianmag.com/smart-news/australia-return-remains-indigenous-japanese-group-180963697/.

Killgrove, K. （2018, January 29）. Skeletons from killing fields remind visitors that violence is not easily erased. *Forbes, Science*. Retrieved from https://www.forbes.com/sites/kristinakillgrove/2018/01/29/enshrined-skeletons-from-killing-fields-remind-visitors-that-violence-is-not-easily-erased/#5d859307aee9.

Klepinger, L. L. （2006）. *Fundamentals of Forensic Anthropology*. Hoboken, NJ: John Wiley & Sons.

Lill, A. （2017, October 21）. After 87 years at the Smithsonian, bones of Alaska Natives returned and reburied. *NPR*. Retrieved from https://www.npr.org/2017/10/21/554598592/after-87-years-at-the-smithsonian-bones-of-alaska-natives-returned-and-reburied.

Melinek, J. （2017, June 8）. Expert witness: jury duty—inside the box. *Forensic Magazine*. Retrieved from https://www.forensicmag.com/article/2017/06/expert-witness-jury-duty-inside-box?cmpid=horizontalcontent.

Melinek, J. （2017, September 6）. Reasonable uncertainty: the limits and expectations of an expert's testimony. *Forensic Magazine*. Retrieved from https://www.forensicmag.com/article/2017/09/reasonable-uncertainty-limits-and-expectations-experts-testimony?cmpid=horizontalcontent.

National Geographic. （2009）. How to shrink a human head. Retrieved from https://www.youtube.com/watch?v=GLWkhlnLXP0.

Peers, L. （2010）. *Shrunken Heads - Tsantsas*. Pitt Rivers Museum, Oxford. Retrieved from https://www.prm.ox.ac.uk/shrunkenheads.

Press Association. （2017, November 24）. Mortuary errors "avoidable if bodies treated like living patient". *The Guardian, NHS*. Retrieved from https://www.theguardian.com/society/2017/nov/24/mortuary-errors-avoidable-if-bodies-treated-like-living-patients.

Roy, E. A. （2016, May 27）. US returns remains of 54 indigenous people to New Zealand. *The Guardian, New Zealand*. Retrieved from https://www.theguardian.com/world/2016/may/27/new-zealand-repatriation-remains-maori-indigenous-people-mummified-heads.

Smithsonian Channel. （2016）. The reason this South American tribe shrunk their enemies' heads. *Secrets*. Retrieved from https://www.youtube.com/watch?v=BbLg4Pji5xQ.

Smithsonian Channel. （2017）. DNA analysis reveals troubling news about shrunken heads. *Secrets*. Retrieved from https://www.youtube.com/watch?v=aw-PSlIlK5Y.

Soniak, M. （2013, January 24）. How are shrunken heads made? *Mental Floss*. Retrieved from http://mentalfloss.com/article/33607/how-are-shrunken-heads-made.

Taylor, M. （2017, February 19）. Judges, lawyers and scientists: why can't we all just get along? *Forensic Magazine*. Retrieved from https://www.forensicmag.com/article/2017/02/judges-lawyers-and-scientists-why-cant-we-all-just-get-along?cmpid=horizontalcontent.

The Japan Times. （2017, March 23）. Hokkaido University agrees to return remains of Ainu to descendants. Retrieved from https://www.japantimes.co.jp/news/2017/03/23/national/hokkaido-university-agrees-return-remains-ainu-descendants/#.Wr-ON4K-mu6.

李衍蒨。二〇一七年五月二十九日。《Talking Dead: 古埃及木乃伊》。《立場新聞》。取自https://thestandnews.com/cosmos/talking-dead-%E5%8F%A4%E5%9F%83%E5%8F%8A%E6%9C%A8%E4%B9%83%E4%BC%8A/。

結語　死亡之冊

Finegan, O. （2017, November 1）. Dignity in death: remembrance and the voice of the dead. *Humanitarian Law & Policy*. Retrieved from http://blogs.icrc.org/law-and-policy/2017/11/01/dignity-in-death-remembrance-and-the-voice-of-the-dead/.

Fortify Rights. （2017, November 15）. New Report: Mounting evidence of genocide of Rohingya Muslims in Myanmar. Retrieved from http://www.fortifyrights.org/publication-20171115.html?utm_content=buffer3de57&utm_medium=social&utm_source=twitter.com&utm_campaign=buffer.

Gettleman, J. （2017, October 11）. Rohingya recount atrocities: “They threw my baby into a fire.” *The New York Times, Asia Pacific*. Retrieved from https://www.nytimes.com/2017/10/11/world/asia/rohingya-myanmar-atrocities.html.

李衍蒨。二〇一七年八月二十二日。《Fortune ——被藏在衣櫃的奴隸骨骸》。《立場新聞》。取自 https://thestandnews.com/cosmos/fortune-%E8%A2%AB%E8%97%8F%E5%9C%A8%E8%A1%A3%E6%AB%83%E7%9A%84%E5%A5%B4%E9%9A%B8%E9%AA%A8%E9%AA%B8/。

屍骨的餘音2

法醫人類學家的工作和使命

作者　李衍蒨
總編輯　葉海旋
編輯　李小媚
書籍設計　三原色創作室
封面相片　depositphotos
內文相片　iStockphoto.com（p.221）
出版　花千樹出版有限公司
地址：九龍深水埗元州街二九〇至二九六號一一〇四室
電郵：info@arcadiapress.com.hk
網址：http://www.arcadiapress.com.hk
台灣發行　遠景出版事業有限公司
電話：（886）2-22545560
印刷　美雅印刷製本有限公司
初版　二〇一八年五月
第二版　二〇一八年十二月
ISBN　978-988-8484-09-6